国文学研究資料館蔵 橋本本『源氏物語』「若紫」

伊藤鉄也・浅川槙子 編

新典社

目次

凡　例 ……………………………… 9

影印・翻字

[0] 小見出し【『源氏物語大成』/『源氏物語別本集成』：文節番号】

[1] 瘧病をわずらった光源氏はすすめにより北山の聖のもとへ出かける【一五一/10:050001】……… 19

[2] 聖は、峰が高い山に囲まれた奥深いところに籠り、修行をしている【一五一/12:050074】……… 20

[3] 光源氏は自分を誰とも知らせず、驚き騒ぐ聖から加持祈禱を受ける【一五一/13:050110】……… 21

[4] 光源氏は高い所から見た目がきちんとしてきれいな僧坊を見つける【一五二/15:050162】……… 22

[5] なにがし僧都の僧坊で、光源氏は若い女性と子どもたちの姿を見る【一五二/17:050217】……… 24

[6] 供人たちは病を気にする光源氏を、気分転換のために外へ連れ出す【一五二/17:050250】……… 25

[7] 光源氏は後ろの山から、遠くまでずっと霞がかった景色を眺める【一五二/18:050273】……… 25

[8] 良清は、光源氏に官位を捨てて播磨で暮らす明石の入道の話をする【一五三/20:050327】……… 26

[9] 光源氏は話を聞いて、誇り高いという明石の入道の娘に興味を持つ【一五四/23:050420】……… 29

[10] 明石の入道は上昇志向が強く娘は容貌と気立てが良いとの話が出る【一五四/25:050478】……… 30

[11] 供人たちは明石の入道の娘を洗練されていない娘であると言い合う【一五四/27:050529】……… 31

[12] 娘を気にする光源氏を、供人は風変わりを好む性質があると察する【一五五/29:050589】……… 33

[13] 都へ帰ろうとした光源氏は大徳の言葉に従って明け方まで滞在する【一五五/30:050615】……… 33

[14] 夕暮れ時に僧房をかいま見た光源氏は、気品のある尼君を見つける【一五五/32:050653】……… 34

[15] 光源氏は二人の女房と女童たちの中にかわいらしい少女を見い出す【一五六/34:050718】……… 36

[16] 幼い紫の上は、尼君に「雀の子を犬君が逃がした」と泣いて訴える【一五六/35:050753】……… 37

[17] 雀を逃がして残念そうな紫の上の様子に少納言の乳母が立ち上がる【一五六/37:050778】……… 38

[18] 尼君は自らの余命の少なさを語りつつ雀を追っている紫の上を諭す【一五七/38:050809】……… 38

[19] 光源氏は、思いを寄せる藤壺に紫の上が本当によく似ていると思う【一五七/39:050836】……… 39

[20] 尼君は亡くなった娘の話をしつつ、少納言の乳母と歌を詠み交わす【一五七/40:050871】……… 40

[21] 僧都から光源氏の訪れを聞いた尼君は、恥じて簾をおろしてしまう【一五八/43:050951】……… 42

[22] 僧都は尼君に、世間で評判である光源氏の姿を見てみないかと誘う【一五八/44:050992】……43
[23] 光源氏は紫の上に強く心をひかれ、藤壺の身代わりにしたいと思う【一五八/45:051024】……44
[24] 僧都の弟子は、光源氏が臥せるところにやって来て惟光を呼び出す【一五九/47:051057】……45
[25] 僧都の弟子を通じて、光源氏はなにがしの僧都の招きを受け入れる【一五九/48:051097】……46
[26] 折り返し参上したなにがしの僧都とともに、光源氏は僧坊を訪れる【一五九/49:051128】……47
[27] 光源氏を招くため、僧坊にある南面の部屋はさっぱりと整っている【一六〇/51:051173】……48
[28] 光源氏は夢にかこつけて僧都から紫の上のことを聞き出そうとする【一六〇/52:051210】……49
[29] 僧都は光源氏に、妹の尼君が故按察使大納言の北の方であると語る【一六〇/54:051265】……51
[30] 光源氏は僧都に故大納言と尼君の間に生まれた娘について質問する【一六一/56:051309】……52
[31] 紫の上の素性を知った光源氏は、藤壺に似ていることに合点がいく【一六一/59:051383】……53
[32] 紫の上のことがいっそう気になった光源氏は、僧都に詳しく尋ねる【一六一/59:051412】……54
[33] 光源氏は僧都に幼い紫の上を後見することを尼君に話すように頼む【一六二/61:051449】……55
[34] 僧都は光源氏に、尼君に相談した上で返事をすると答えて堂に上る【一六二/62:051476】……56
[35] 光源氏は悩ましい気持ちになり、夜が更けても眠ることができない【一六二/64:051530】……57
[36] 奥の人が休んでいない気配を感じた光源氏は扇を鳴らして人を呼ぶ【一六二/65:051569】……58
[37] 歌を詠んだ光源氏は、女房に尼君へ取り次いでもらうようにと頼む【一六三/67:051606】……59
[38] 光源氏が紫の上にあてた歌を耳にした尼君は歌の内容を不審に思う【一六三/69:051670】……61
[39] 歌を返した尼君に対し、光源氏は紫の上への切実な気持ちを訴える【一六四/70:051703】……62
[40] 困惑している尼君の気づまりな態度に光源氏は謙虚な言葉をかける【一六四/72:051747】……63
[41] 光源氏は尼君に自分の体験を語りつつ、紫の上との結婚を申し出る【一六四/73:051773】……63
[42] 尼君は紫の上が幼く不似合いなことを理由に光源氏の申し出を断る【一六五/75:051814】……64
[43] 僧都がお勤めから帰って来られたので光源氏は尼君の前を退出する【一六五/77:051870】……66
[44] 明け方、深山の景色を見ながら、光源氏は僧都と和歌の贈答をする【一六五/77:051880】……66
[45] 身動きできぬ聖は、光源氏のために護身の修法をして陀羅尼を読む【一六六/79:051948】……68

[46] 光源氏は迎えの人からの祝いと僧都から酒などのもてなしを受ける【一六六/80:051967】……68
[47] 杯をいただいた聖は涙をこぼして光源氏を拝み、守りの独鈷を渡す【一六六/83:052052】……70
[48] 紫の上を引き取りたい光源氏に尼君は四五年先ならばと返事をする【一六七/86:052124】……72
[49] 光源氏を迎えに頭中将や左中弁たちなどの公達が都からやって来る【一六八/88:052190】……73
[50] 頭中将は懐の横笛を出して吹き、弁の君は扇を鳴らし催馬楽を謡う【一六八/90:052248】……75
[51] 僧都も自分から琴を持ち出して、光源氏に琴を弾いてほしいと頼む【一六八/92:052289】……76
[52] 光源氏の姿に法師と童べは感涙し、尼君たちや僧都は彼を絶賛する【一六九/93:052317】……77
[53] 幼心に光源氏に思いを寄せる紫の上は、人形に源氏の君と名付ける【一六九/94:052359】……77
[54] 帰京した光源氏は、宮中へあいさつに伺って父桐壺の帝と対面する【一六九/95:052399】……78
[55] 宮中を出た光源氏は、正妻葵の上の実家である左大臣邸へと向かう【一六九/97:052433】……79
[56] 光源氏は久しぶりに葵の上と対面するものの、二人の心は通わない【一七〇/99:052482】……80
[57] 古い歌を引用して恨み言を述べる葵の上を光源氏は避けようとする【一七〇/102:052574】……82
[58] 光源氏は葵の上への不満と反対に紫の上への思いが強くなっていく【一七一/104:052635】……84
[59] 帰京した翌日、光源氏は僧都や尼君などがいる北山へ消息をおくる【一七一/106:052682】……85
[60] 僧都からの返事を残念に思った光源氏は、惟光を使者として遣わす【一七二/109:052774】……87
[61] 惟光は少納言の乳母に面会するものの、周囲の人々から警戒される【一七二/111:052806】……88
[62] 光源氏は王命婦の手引きで、病気で里邸に退出中の藤壺と密通する【一七三/113:052889】……89
[63] 光源氏は邸に帰った後、藤壺と密通したことを思い悩んで泣き臥す【一七四/118:053016】……92
[64] 藤壺の懐妊という密通の結末を、王命婦はあまりに嘆かわしく思う【一七四/119:053047】……93
[65] ただ事ではない異様な夢を見た光源氏はわが身に起こる運命を知る【一七五/123:053160】……96
[66] 七月になり、宮中に帰参した藤壺へ桐壺の帝の寵愛はいっそう増す【一七六/125:053233】……97
[67] 光源氏は六条京極から帰る途中に、帰京して療養中の尼君を見舞う【一七六/127:053288】……98
[68] 病床の尼君は、紫の上が成長した暁には光源氏に託すことを決める【一七七/132:053416】……101
[69] 光源氏は紫の上の無邪気な声を聞き清純な彼女にいっそうひかれる【一七八/135:053492】……103

［70］翌日、光源氏は尼君への見舞いとともに紫の上へも結び文をおくる【一七九/139:053620】……105
［71］十月に朱雀院の行幸が予定され、舞人は練習など多忙な日々を送る【一八〇/143:053711】……107
［72］尼君の死去という知らせが届き光源氏は母更衣との死別を思い出す【一八〇/144:053744】……108
［73］夜、光源氏は自分から、忌みの期間が終わった紫の上の邸を訪れる【一八〇/146:053797】……109
［74］光源氏は少納言の乳母に紫の上への気持ちを伝えて歌を詠み交わす【一八一/149:053894】……111
［75］尼君を恋い慕って泣く紫の上は、訪問した光源氏を父と勘違いする【一八二/152:053959】……113
［76］少納言の乳母は紫の上を年よりも幼い様子であると光源氏に伝える【一八二/153:053986】……114
［77］幼い紫の上の手を強引にとらえる光源氏に少納言の乳母は困惑する【一八二/155:054049】……115
［78］あられが降り風が激しく吹く夜、光源氏は紫の上の御帳の中に入る【一八三/157:054106】……116
［79］少納言の乳母がため息をつく中、光源氏は紫の上に一晩中寄り添う【一八三/158:054149】……117
［80］女房たちは、悪天候の中での光源氏の訪問が心細さを慰めたと話す【一八三/160:054209】……118
［81］尼君の四十九日後に、兵部卿宮は紫の上を邸に引き取る意向を示す【一八四/162:054258】……119
［82］紫の上と別れた後、光源氏はかつて通った女性の家の門を叩かせる【一八四/163:054287】……120
［83］光源氏は紫の上のかわいらしい面影が恋しくて文を書き絵をおくる【一八五/166:054351】……122
［84］父兵部卿宮は少納言の乳母に、紫の上を引き取ることをうち明ける【一八五/167:054377】……122
［85］紫の上の着物がしおれているのを目にした兵部卿宮は、娘を憐れむ【一八五/168:054425】……123
［86］少納言の乳母の言葉と紫の上の様子に兵部卿宮はもらい泣きをする【一八六/170:054484】……125
［87］紫の上は幼いながらも、自分の身の上と今後の事を思って涙を流す【一八六/171:054542】……126
［88］光源氏は宮中へ行く自分の代わりに、惟光を紫の上の屋敷に遣わす【一八六/173:054588】……127
［89］少納言の乳母は、屋敷を訪問した惟光へ自分の考えと不安を訴える【一八七/175:054631】……128
［90］光源氏は惟光から父兵部卿宮が紫の上を引き取る予定であると聞く【一八七/177:054698】……129
［91］左大臣邸に来ている光源氏は惟光に紫の上を連れ出すことを命じる【一八八/179:054757】……131
［92］思案のあげく、光源氏は滞在中の左大臣邸から夜明け前に出かける【一八八/182:054827】……133
［93］少納言の乳母が応対に出るものの光源氏は制止も聞かずに奥へ入る【一八九/184:054889】……134

[94] 光源氏は父宮の使いであると嘘をついて、寝ている紫の上を起こす【一九〇/187:054963】……… 134
[95] 二条院へ誰か来るようにと指示して、光源氏は紫の上を連れて行く【一九〇/189:055006】……… 135
[96] 少納言の乳母は困惑するものの紫の上のことを思って涙をこらえる【一九〇/191:055081】……… 136
[97] 紫の上のために、光源氏は通常は使わない対屋に調度などを整える【一九一/193:055147】……… 137
[98] 二条院へ連れてこられた紫の上は、気味が悪くて体をふるわせる【一九一/195:055173】……… 138
[99] 少納言の乳母は、輝くばかりの立派な二条院で間の悪い思いをする【一九一/196:055205】……… 139
[100] かわいらしい女童を呼び寄せた光源氏は休んでいた紫の上を起こす【一九二/197:055247】……… 140
[101] 紫の上の気をひこうと、光源氏は面白い絵などを見せて相手をする【一九二/199:055301】……… 141
[102] 紫の上は光源氏が留守にしている間に、二条院のあちこちを見回す【一九二/201:055341】……… 141
[103] 留守にする光源氏は紫の上のために手習いの手本などを残していく【一九三/202:055377】……… 142
[104] 光源氏は紫の上へ手習いを教え、人形などの家を作って一緒に遊ぶ【一九三/203:055428】……… 143
[105] 事情を知らぬ兵部卿宮は紫の上の失踪を嘆き、少納言の乳母を疑う【一九四/206:055505】……… 145
[106] 継母の北の方は、紫の上を意のままにできなくなったのを残念がる【一九四/209:055584】……… 147
[107] 紫の上は尼君を慕って泣く時があるものの、光源氏にもなれ親しむ【一九四/210:055597】……… 147
[108] 光源氏は、かわいらしい紫の上を「風変わりな秘蔵っ子」だと思う【一九五/211:055646】……… 148

解説

橋本本「若紫」の古写本としての実態……………伊藤鉄也 153

編集後記………………………………… 175

凡　例

（1）本書は、国文学研究資料館が所蔵する古写本の内、鎌倉時代中期頃に書写されたと思われる橋本本『源氏物語』「若紫」［88・22］の影印と翻字本文を、容易に確認できるようにしたものである。編集方針は、前編著である『国立歴史民俗博物館蔵『源氏物語』「鈴虫」』（伊藤鉄也・阿部江美子・淺川槙子編、新典社、平成二七年）と同じである。特徴は、変体仮名の字母を忠実に再現した翻字となっている点にある。

（2）各頁上段に橋本本「若紫」の毎半葉の影印を、下段に変体仮名を交えた翻字が対照できるように掲げた。

（3）翻字段には、行間の随所に小見出しを付すことで、当該箇所の物語内容が確認できる手がかりとなるように配慮した。この全一〇八項目の小見出しは、淺川槙子の素案に伊藤鉄也が補訂したものである。

（4）小見出しには三種類の参照情報【『源氏物語大成』の頁／『源氏物語別本集成 続』の頁：文節番号】を追記した。『源氏物語大成』は普及版の第一冊校異篇（池田亀鑑編、中央公論社、昭和五九年）に、『源氏物語別本集成 続』は第二巻（伊井春樹・伊藤鉄也・小林茂美編、おうふう、平成一七年）による。

（5）参照情報で【：文節番号】として明示した六桁の算用数字（050001等）は、『源氏物語別本集成 続』において当該巻の文節の位置を知るために、目安として当てた通し番号である。これは、『源氏物語別本集成 続』の底本として用いた陽明文庫本の本文を文節毎に区切った通し番号であり、本書でも継承している。この番号は、『源氏物語』におけるすべての異本異文を、文節番号で取り扱える研究環境を提供することを視野に入れて策定したものである。さらには、情報文具を利用した研究にも対応できるように、データベース化を意識したものとなっている。『源氏物語』におけることばの位相が、その文節番号という位置づけによって把握でき、また語句が存在する場所の特定のみならず、諸本との異同を相対化できることにも有効なものとなっている。この番号は、その後の見直しにより、版によって多少の変更がある。
なお、番号頭部の二桁の数字「05」は『源氏物語』の巻順であり、ここでは第五巻「若紫」を指している。

（6）物語本文を文節に区切るにあたっては、諸本の異同の状態を考慮し、利用上の便宜を優先した場合がある。文脈と異文の状態を勘案しながら、本文を文節に切る作業においては柔軟に対応している。

（7）本書の翻字本文では、文節単位の区切りを中黒点（・）で明示した。これは、物語本文の流れと語られている内容を理解しやすくする、視聴覚による支援をも考慮した意味や働きを持つ目印となっている。また、諸本との本文異同を『源氏物語別本集成 続』で確認するにあたって、手助けとなるものである。この語句の切れ目は、『源氏物語別本集成 続』の底本である陽明文庫本を基にしている。そのため、橋本本が陽明文庫本と本文に異同がある場合には、本翻字では複数の文節が一塊となって中黒点（・）で挟まれていることがある。

（8）本書の翻字本文は、「変体仮名翻字版」という表記方式となっている。これは、変体仮名を現行の平仮名に置き換える翻字方式ではなく、書写された仮名の再現性を高めるために、変体仮名の字母を用いるものである。

例 「わら八や三尓」（「若紫」冒頭、字母ですべてを表記すると「和良八也三尓」）

従来の翻字では、ここは「わらはやみに」としていた。しかし、その翻字では書写されている「八」を「は」（字母は「波」）という現行の平仮名書体に置き換えて翻字しているために、翻字された文字から元の写本の姿に戻れない不正確なものとなっている。右の例でいえば、現行の仮名表記での翻字を字母にしたがって復元すると「和良波也美仁」となる。これは、元の写本の文字列「和良八也三尓」とは異なる文字列に変化したものとなっている。明治三三年に定められた現行の平仮名書体一種に拘束・統制されたままでは、矛盾を抱えた強引な翻字となる。その弊害を避けるために、本書では字母を忠実に再現する「変体仮名翻字版」で翻字し、表記・印字することとした。

詳しくは、『国立歴史民俗博物館蔵『源氏物語』「鈴虫」』所載の「解説」、「二、「変体仮名翻字版」について」（六五頁）と「三、翻字に関する凡例（改訂試案）」（六九頁）を参照されたい。

（9）「変体仮名翻字版」では、明らかに漢字表記となる箇所においては、当該漢字を隅付き括弧（【 】）で括って明示する。

例 【女君】（33丁表6行目）

現行平仮名の「め」の字母は「女」である。しかし、ここでは「め君」とはせず、「女」が漢字としての意味を持っていることから「【女君】」と表記する。こうした例として、「【更衣】」（「【更】え」とはしない）、「【左近】」（「さ【近】」とはしない）、「ひめ【君】」（「ひ【女君】」とはしない）、「【世】の【中】」（「せの【中】」とはしない）等がある。

（10）平仮名の字母である漢字の字形を明確に伝える文字で書写していても、現行の平仮名として読む場合はあえて漢字にはしない。「変体仮名翻字版」では、明らかにその平仮名の字母である漢字を強く意識して書いている場合でも、崩し字の変移の段階を識別しないために、変体仮名以外は字母としての漢字では明示しないのである。

例　こその・な徒も（「若紫」開巻1丁表7行目）

ここで「こその」の「の」は、その字母である「乃」という漢字の姿を崩さずにそのまま書写している。しかし、「変体仮名翻字版」においては、通行の平仮名は字母では表記しない原則で対処する。

(11)「も」と「ん」については、当然「も」と読むべき「ん」であっても、表記された字形を優先して書かれているままの文字で翻字した。

(12)書写されている状態などに関する付加情報〈傍書、ミセケチ、ナゾリ、補入、墨ヨゴレ〉は、本行本文の右側に小字で注記した。ただし、〈重ね書き・ナゾリ書き〉については、書写者が書きたかったであろう〈なぞった〉文字を推読して本行にあげ、下に書かれている文字をその右横に「＊」印を付して併記した。重ね書きはミセケチと違い、すでに書いたものをまったく消してしまおうという意図があるため、翻字にあたってはこのような処置をとった。なお、書写されている文字が推読できない場合、不明な文字は「△」で、破損した文字は「■」で示した。

(13)書写されている文字が明瞭に読み取れなくても、文字の一部と文章の流れから類推して読める場合には、「(判読)」と明示して読み取ったものがある。本巻「若紫」の場合は、削除した後にナゾリ書きされている場合に見られる。

例　さうそく[＊＊＊＊ しやうそく(判読・削) (墨ヨゴレ)]したる（27丁表3行目）

ここでは、本行本文の「さうそく」の下に書かれた数文字が削除されている。そのことが、翻字本文の右側に「＊」を傍記して明示されていることからわかるようになっている。本行本文の下の削られた文字は、拡大装置を使用すると「しやうそく」と読めそうである。しかし、これは判然としない字形となっているため「(判読)」と付記している。

(14)明らかな誤字・脱字・衍字（えんじ）の箇所には、「(ママ)」等の参考情報を追記した。

例　おもゝ(ママ)す（37丁表7行目）

本行本文の「おもゝす」は、陽明文庫本や尾州家河内本などでは「おもほす」とする。このことを考慮して、ここでは「ゝ」の右横に「(ママ)」を付して、写本に書かれたままの翻字であることを明示した。

(15) 本書には、58丁裏と59丁表の間と、巻末丁(66丁)以降に落丁がある。ただし、66丁表の1行目の数文字だけは断片として残存しており、「可しきも」と読み取れる状態である。この断片は、本書が列帖装であることに起因する、偶然の残存物といえる。

(16) 付加情報としての注記には、次のものを『国立歴史民俗博物館蔵『源氏物語』「鈴虫」』になかったものとして使用している。(破損)(断亠)(付箋跡)(剥落)

(17) 翻字の方針に関する詳細は、『源氏物語別本集成 続 第一巻』の凡例を参照願いたい。ただし、本書では原本を忠実に再現するように翻字したのに対して、『源氏物語別本集成 続』ではデータベース化のための処置が随所に施されていることに違いがある。

(18) 本文を翻字するにあたっては、伊藤鉃也が作成した翻字資料を淺川槙子が写真版で体裁を整え、お互いが原本を確認した。その後、さらに伊藤が拡大装置を使って全丁の紙面の確認と点検をした。

影印・翻字

王可むらさき

表紙

142780
平成16年3.31日

国文学研
究資料館

（朱）

［1］瘧病をわずらった光源氏はすすめにより北山の聖のもとへ出かける
【一五｜/10:050001】

わら八や三尓・王つらひ・堂まひて・よろ

徒尓・ま新な井・可らなと・濤いら勢・

堂まへと・し累志も・なくて・あま多堂

ひ・おこ里・【給】気れは・あ累・【人】の・万う

春・やう・き堂【山】なる・な尓可し。と・いふ・登

ころ尓なん・いと・可し古き・をこなひ【人】・

者へる・こその・な徒も・よのな可尓・を古

里て・【人】く・満しなひ・王つらひし越・

や可て・とゝむ累・堂くひ・おほく・【侍】りき・

新ゝ古ら可し・【侍】りぬるは・あや尓くに・

」1オ

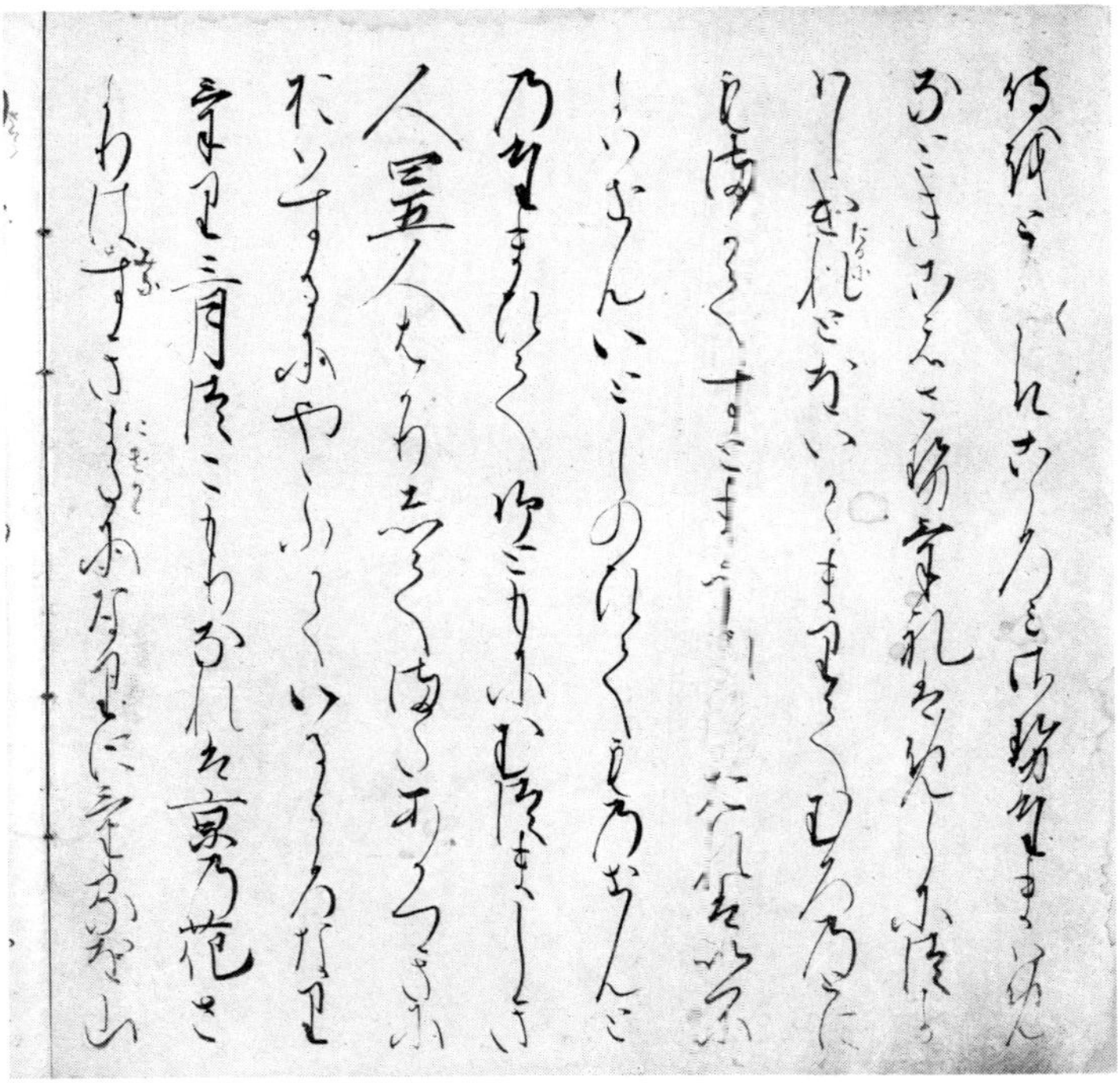

【侍】越・と□*(く(削))こそ・古ゝろ三佐勢・堂ま八免

など・き古えさ勢・気れ盤・免し尓・徒可

八し遣れ(たる尓)と・をい可ゝま里て・むろの・とに

も・満可てすと・まう。□*(し)□*(さ勢(削))たれ盤・い閑

可八・せん・いと・しのひて・ものせんと・

の堂まひて・【御】とも尓・む徒ましき・

【人】・【四五人】者可り志て・満多・あ可つき尓・

[2] 聖は、峰が高い山に囲まれた奥深いところに籠り、修行をしている【一五一/12:050074】

お八する尓・やゝ・ふ可く・いる・ところな里

気里・【三月】・徒こもりなれ盤・【京】の・【花】・さ

可りは。・すき(みな)可多尓(に遣里)な里に気累を・【山】

」1ウ

の・。は(さくら)・ま多・さ可り尓て・い里もて・を八す
累・まゝ尓・可春三能・堂ゝすまひも・を閑
しう(守義跡)・【見】ゆれ盤・可ゝ累・あ呈さ(さ満)も・ならひ・
堂満八ぬ(春)・ところせき・【御身】尓て・免つら
しく・お本され个り・てらの・さまも・いと・
あ八れなり・みね・堂可く・古ふ可き・い者の・

[3] 光源氏は自分を誰とも知らせず、驚き騒ぐ聖から加持祈禱を受ける　【一五一/13:050110】

な可尓そ・ひし里は・井堂り遣る・の本
里・【給】て・たれとも・い者勢・堂ま八す・
いと・伊多く・や徒れ・堂まへれと・しるき・
【御】ありさま。八(なれ)(*越(削))・い可ゝ・【見】・堂てま徒里遣ん・

」2オ

あな・可しこや・悲とい・免し堂（【侍】）里（へ）しに
や・を八しますらん・い満八・このよの・ことも・
おもふ・堂まへね盤・遣ん可多の・をこなひ
をも・すて八てゝわ春れきて・八へ累越・
い可て可ゝく（う）・お八しま新つらんと・おところ
き・さはきて・うちゐ三徒ゝ・【見】・堂て万徒
累・いと・多うとき・堂いと古（な里）の・さまなり（遣）・
佐るへき・ふん（【物】）・徒くりて・す可勢・堂て
ま徒り（る）・かちなと・満いる本と尓・ひ・堂可
【4】光源氏は高い所から見た目がきちんとしてきれいな僧坊を見つける【一五二/15:050162】
く・さしあ可りぬ・すこし・さ新（堂ち）いてゝ（つゝ）・【見】

わ多し・堂まへは・堂可き・ところにて・
古ゝ・可しこの・そう八うとも・あら八尓・【見】
おろさるゝ・堂ゝ・㕝の・つゝらお里の・しも
尓・おなし古志者可きなれと・うる人しく・
し王たして・きよ気なるや・羅う
なと・つゝ遣て・古多ち・。よし・ある。・さま・志
累きを・な尓【人】の・すむならむと・ゝ八勢・
【給】へ八・【御】ともなる・【人】・古れなん・な尓可し
そう徒の・こ能・ふ多と勢・こもり・八へ累・八う
尓【侍】と・きこゆ・こゝろ八徒可しき・【人】の・すむ・
」3オ

ところ尓こそ・あなれ・あやしくも・
あま里・や徒して遣る可那・きゝもこそ・
[5] なにがし僧都の僧坊で、光源氏は若い女性と子どもたちの姿を見る　【一五二/17:050217】
すれなと・の堂まふ・【程】尓・きよ気な累・
王らはなと・あま多・いてきて・あ可・多て
万徒り・【花】・お里なと・するも・あら八尓・三ゆ・
かし古尓・【女】こそ・あり遣れ・そうつ八・
よも・さやう尓。・すま勢・堂ま八しを・い可
なる・【人】ならんと・くちく・いふ・お里て・
のそくも・あり・を閑し気なるを
む那古とも・わ可き・【人】なと。なむ・三ゆると・

」3ウ

[6] 供人たちは病を気にする光源氏を、気分転換のために外へ連れ出す【一五二/17:050250】

い婦・【君】は・をこなひ・し・多まひ徒ゝ・
ひ・堂くる・満ゝ尓・い可ならんと・お本し
堂る越・と可く・まき羅者（さ勢）し・【給】て・
お本しいれぬなん・よく・【侍】（ろ）。と・きこゆれ
者・うしろ能・【山】尓・堂ちいてゝ・【京】の・可

[7] 光源氏は後ろの山から、遠くまでずっと霞がかかった景色を眺める【一五二/18:050273】

堂越・三や里・【給】へ半・八る可尓・可春三
王多里て・よもの・こすゑ・そ古者閑
と・なく・可春三（遣ふり）わ多れ累・本と・ゑに・いと・よ
くも・尓堂る可那・可ゝ累・ところ尓・春む・
【人】・こゝろ尓・おもひのこす・【事】・あらし

」4オ

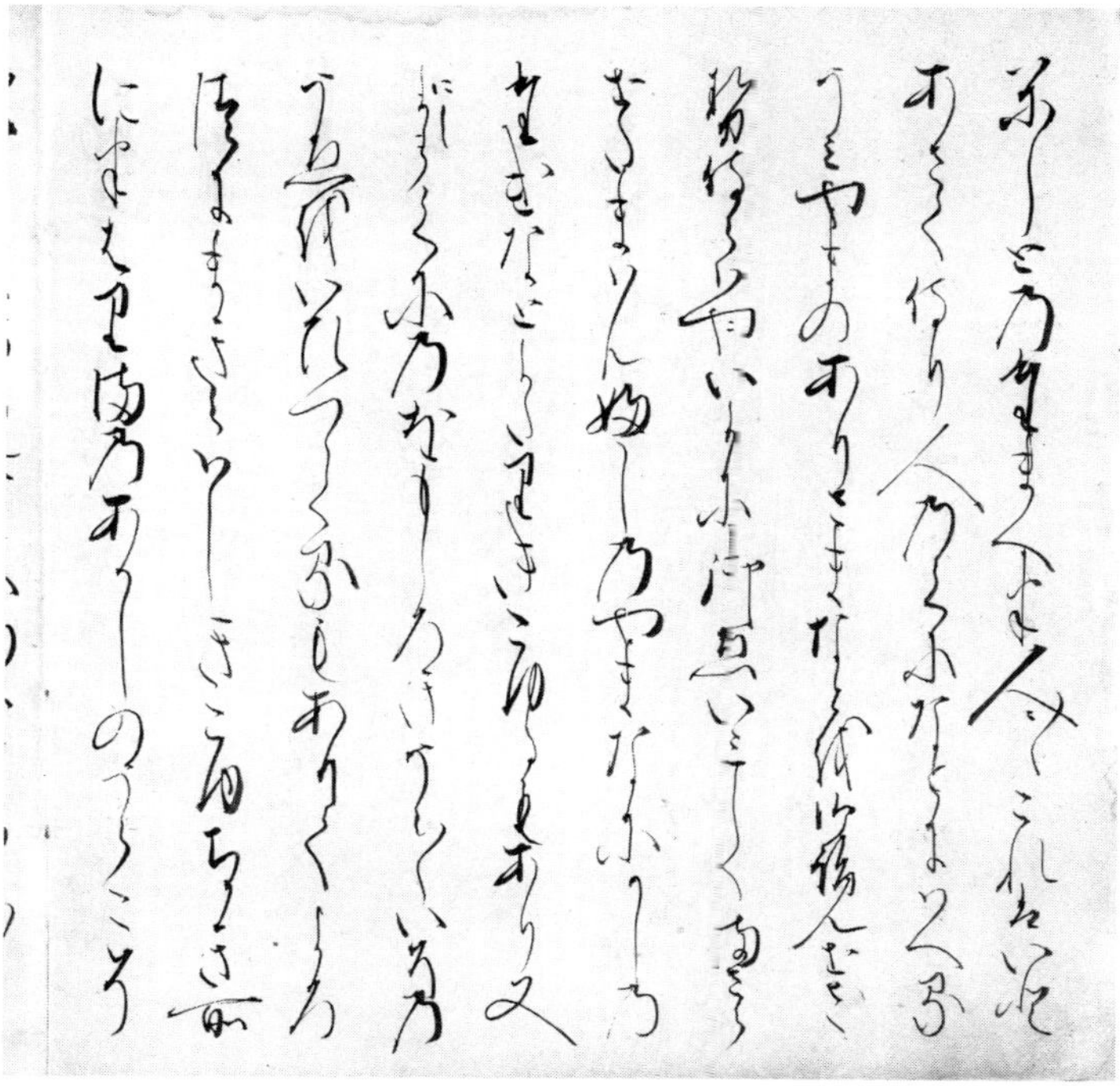

閑しと・の堂まへ半【人】く・これ盤・い登・
あさく・【侍】り・【人】の・く尓など尓*(△削)・八へ累・
う三・やまの・ありさまなと越・【御覧】せさ
勢・【侍】ら八や・い可尓・【御】ゑ・い三しく・満さら
せ・多ま八ん・婦しのやま・な尓可しの・
堂遣なと・可多里・きこゆるも・あり・【又】・
可(にし)らく尓の・をもしろき・うらく・いその・
うゑ越・いひつゝく累も・ありて・よろ
［8］良清は、光源氏に官位を捨てて播磨で暮らす明石の入道の話をする【一五三/20：050327】
徒尓・まきら八し・きこゆ・ち可き・【所】
に半・者里満の・あ可しのうら**(こそ削)こそ・

」4ウ

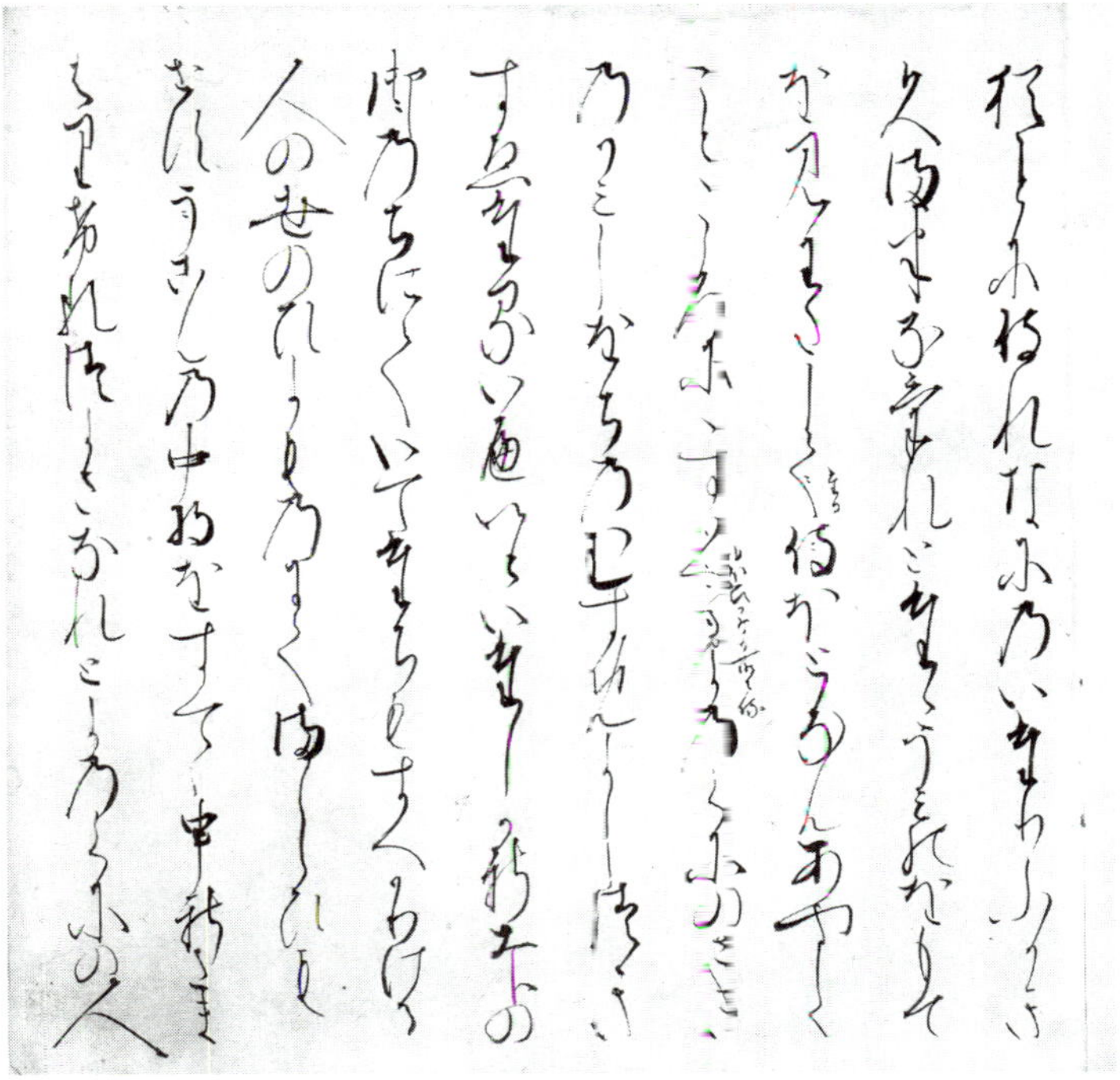

【猶】・こと尓・【侍】れ・な尓の・い堂りふ可き・
く満半・な気れと・堂ゝ・う三能・をもて
を・【見】王多して（堂る）【侍】・本となん・あやしく・
ここ・こころ尓・よ・て・人へる・可の・く尓の・さき
の・可三・しをちの・むす免・可し徒き
する堂累・い遍・いと・い堂し可新・【大臣】の・
【御】のちにて・いて堂ちも・すへ可りける
【人】の・【世】の・ひ可もの尓て・満しらひも・
せ須・う古んの【中将】を・すてゝ・（削）*【申】新・多ま
者里希類・徒可さなれと・可の・く尓の・【人】

尓も・すこし・あな徒られ（て）。堂る可多に
や・あり遣ん・な尓の・免い本くにて可（また）・
みや古尓も・可へらんと・いひて・可しら
も・をろし・【侍】尓気累を・すこし・おく
ま里多累・やます三をも・え勢て・さる・
う三つら尓・いて井多累・ひ可くしき・やう
なれと・遣尓・可の・く尓の・うち・さも・【人】の・
古も里井堂りぬへき・ところ〳〵八・あ里
な可ら・ふ可き・さと葉・【人】者なれ・こゝろ
すこくて・わ可き・さいしの・おもひ王ひ

ぬへき尓よ里・可徒八・こゝろ。(を)・やれ累・すま

［9］光源氏は話を聞いて、誇り高いという明石の入道の娘に興味を持つ【一五四/23:050420】

ひ尓たん・八へ累・さい徒ころ・満可りく

堂旦多りし・徒いて尓・あ里さま・

【見】・堂まへに＊(ふ(削))・よ里て・【侍】しを(可八)・【京】にて・

おもふこそ・【心】(【所】)えぬ・やうな里遣れ・そこ

羅・八る可尓・い可免しく・しめて・徒く

れ累・さま・さ。(者)・いへと・く尓の・徒可さにて・

しおき気累・【事】とも(なれ八)・いと・おほ可り

遣れ盤・のこ里能・よ八ひも・ゆ多可尓・ふ

へき・【心】可満へも・。(になくした里遣り・能ち能【世】の・つとめも)・いと・よく・して・【中】く・

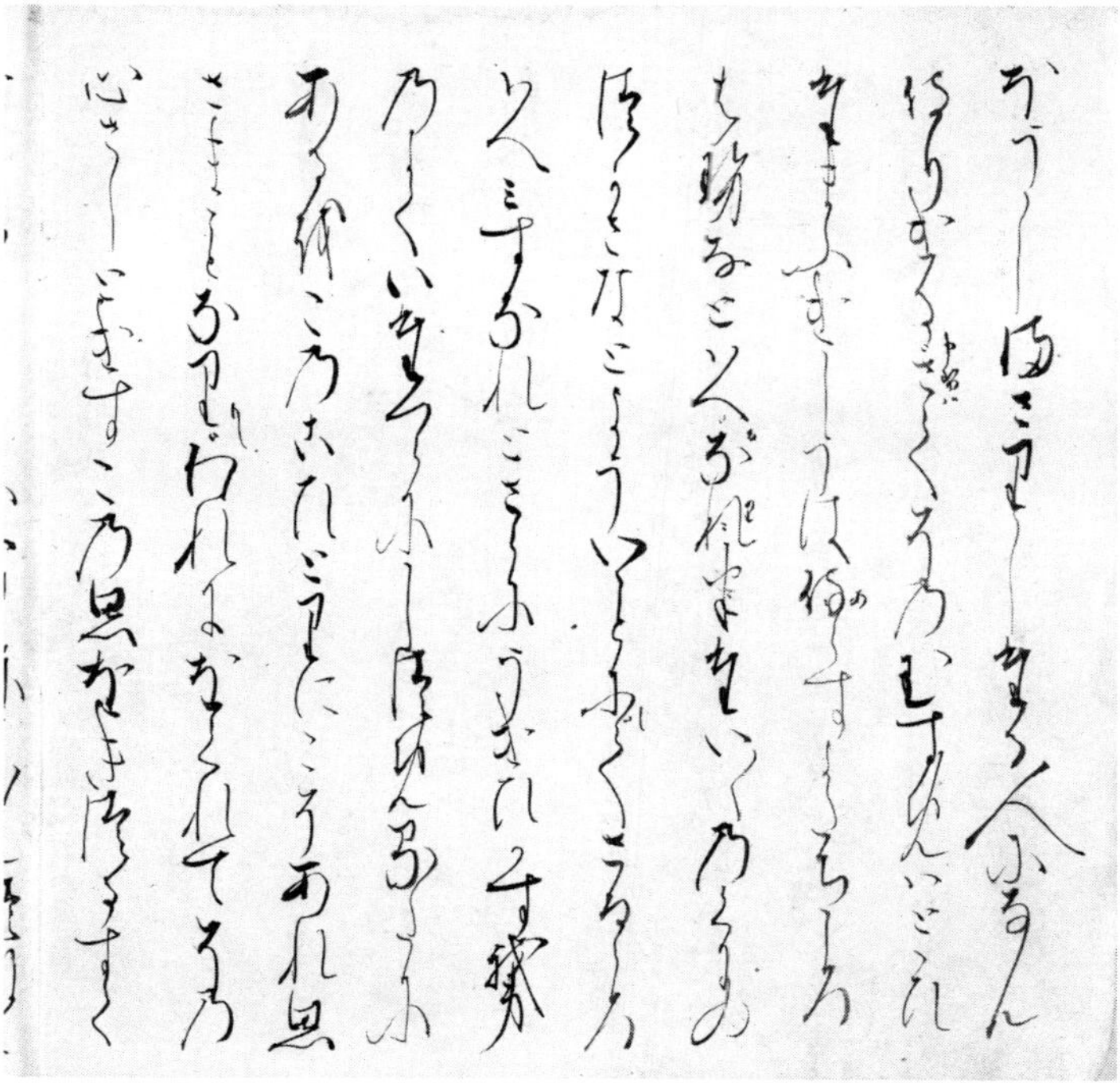

本うし満さ里・し堂る・【人】尓なん・
【侍】り遣る・。・さて・その・むす免八と・ゝひ・（【甲】勢八）
［10］明石の入道は上昇志向が強く娘は容貌と気立てが良いとの話が出る【一五四/25:050478】
堂まふ・遣しうは・【侍】らす・可多ち・こゝろ（あ）
者勢など・八へ。なれ半・堂いくの・く尓の・（る）（里）（＊と(削)）
徒可さなとようい こゝと尓。て・さる・こゝろ（し）
八へ・三すなれと・さら尓・う遣ひ可す・【我】・【身】
の・可く・い堂つら尓・し徒免累多尓・
ある越・この・古・ひと里にこそ・あれ・【思】・
さま・ことな里・。・われ尓・をくれて・その・（もし）
【心】さし・と遣す・この・【思】をき徒る・すく

」6ウ

せ・多可八ゝ・う三尓・い里ねとなん・徒ね尓・
ゆい古ん・し。・【侍（をき帝）】るなると・き古ゆれ葉・
【君】も・を可しと・きゝ・お八（た万ふ）す・【人】く・可い里
うるうの・きさき尓・なるへき・い徒き
むす免なゝり・こゝろ堂可さ・く累し
[11] 供人たちは明石の入道の娘を洗練されていない娘であると言い合う【一五四/27:050529】
とて・。・かく（わら婦）・いふ盤・八里まの可見の・古の・
くら【人】より・ことし・可うふ里・え多累
な里気り・いと・春き堂累・ものなれ
者・それなん・可の・【入道】の・ゆい古ん・や
ふりて（徒へき）んのこゝろ。・あらむ可（者）し・。・堂（さて）ゝ

す三よるならん可し(と(判読・削))なと・いひあへり・
いてや(なにし尓)・さ・いふとも・いな可ひ尓堂らん・
をさ那くより・さる・ところ尓・おいゝてゝ・
ふる免き堂る・おや尓の三・した可ひ
堂なれ(覧)盤・堂ゝ八ゝこ(*こ)そ・ゆへ・あるへ个れ・
よき・わ可うと・王ら八へなと・三やこの・や
むことなき・ところく。(よ里)なる・るい尓ふれて
堂徒ねと里つ(て)ゝ・ま八ゆくこそ・もて
なすなれ・なさ気なき・【人】尓・な里て・
ゆ可は・さて・こゝろや春く。(てしもえ)・をき堂らし

」7ウ

[12] 娘を気にする光源氏を、供人は風変わりを好む性質があると察する【一五五/20:050589】

をや（な）。と・いふも・あり・【君】・な尓こゝろ・あり
て・う三の・そこ満て・ふ可く・おもひいる
らん・そこの・三る免も・ゝのむつ可しく（な）
と・の【給】て・堂ゝなら須・おほし多り・
可やう尓ても・なへてなら春・もて
ひ可免累（見堂）・【事】越・この三・多まふ・【御心】な
れ八・【御】三ゝ・とゝまるらんをやなと・【見】・

[13] 都へ帰ろうとした光源氏は大徳の言葉に従って明け方まで滞在する【一五五/30:050615】

堂て満つ累・くれ可ゝりぬる尓（と）・お
古ら勢・堂ま八す・なりぬる尓こそは・
あ免れ・八や・可へら勢・堂まひなんと

なんと・きこゆ(あるを)・堂いとこ(＊こ(削))・【御】もの〻気
なと・く八〻れ累やう(さ満)尓・お八しま新
遣る越・古よひ八・【猶】・しつ可尓・可ちな
と・満い里て・いてさ勢・堂まへと・【申】・
さる(も)・【事】とみ那・【人】く・【申】す【君】八(も)可〻る
堂ひねも満多なら。(ひ【給】)八ね半さ春可尓
お可しくて・さらは・あ可つきにと・の多
[14] 夕暮れ時に僧房をかいま見た光源氏は、気品のある尼君を見つける【一五五/32:050653】
まふ・【日】も・いと・な可きに・徒れく な連八・
ゆふくれの・い多く・可春三堂る尓・ま
きれて・可の・こし八可きの・もと尓・

」8ウ

堂ちいてゝ（【給】）・【人】（墨ヨゴレ）く八・三那・可へし・【給】て・
古れ三つ八（能あそん）可り・【御】とも尓て・のそき・【給】
辺は・堂ゝ・古の・尓しをもてに・ち【仏】・
春へて・おこなふ・あまなり気り・
す多れ・春こし・あ遣て・八那・堂て
満つる免里・な可の・者しら尓・より井
て・遣うそくのうゑ尓・【経】を・ゝきて
いとなや満し遣尓・よ三井堂累・
あま【君】・堂ゝ【人】と・【見】えす・【四十】よ八
か里尓ていとしろくあて尓・や勢

」9オ

堂れと・つらつき・いと・ふくら可尓・ま見
の・【程】・可三の・うつくし遣尓・そ可れ多る・
春ゑも・な可く・な可きよりは・古よ
なく・なま免(い)可しきもの可那と・あ八
[15] 光源氏は二人の女房と女童たちの中にかわいらしい少女を見い出す【一五六/34:050718】
れ尓・【見】・【給】・きよ遣なる・おとな・ふ多り
者可り・さては・王ら者へ・そ・いてい里・
あそふ・な可尓(墨ヨゴレ)・しろき・ゝぬ・やまふき
なとの・なれ多る・きて・者し里(墨ヨゴレ)・き
堂る・をんなこ・【十】八可り尓や・あらん
と・【見】えて・い三しく・おいさき・【見】え・うつ

」9ウ

くしき・可多ちな里・可見八・あふき
を・ひろ个多る・やう尓・ゆらくと・ふ里（して）
や里て・おもて八（可本）・いと・あ可く（墨ヨゴレ）・すり河（なして）
[16] 幼い紫の上は、尼君に「雀の子を犬君が逃がした」と泣いて訴える。[一五六/35・0507531]
可免て・堂てり・な匀ことそや・王ら
者へと・八ら堂ち・堂まへる可とて・。
。【見】あ遣・多ミへる・满三のあミ（付箋跡）（△△（削））【君】尓・
に多るところの・阿れ八・古な免りと・
【見】・多まふ・すミ免の・こ越・いぬき可・尓
かしつる・ふ勢この・うち尓・こ免多り
徒累もの越とて・いと・くち越しと・

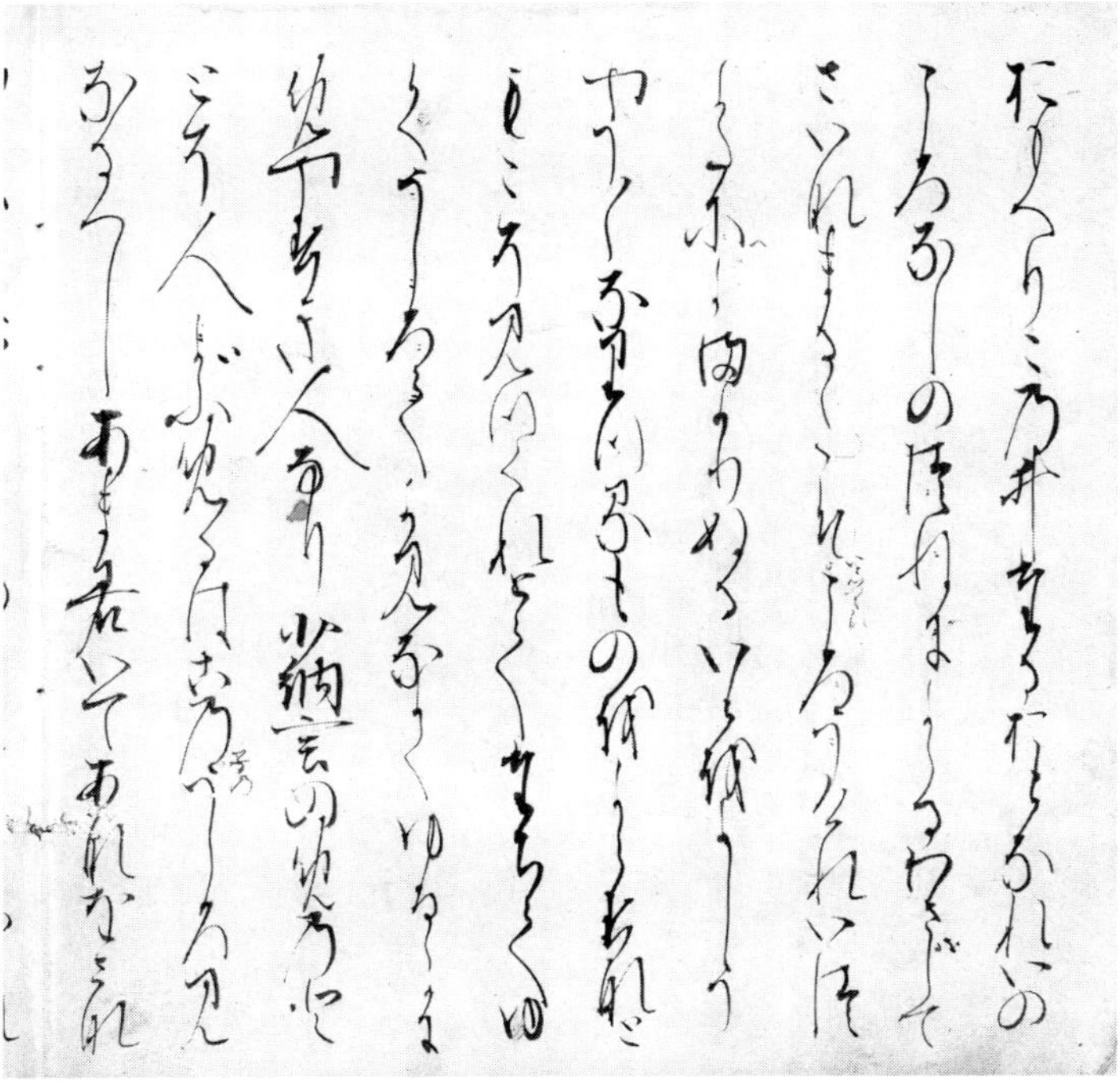

[17] 雀を逃がして残念そうな紫の上の様子に少納言の乳母が立ち上がる【一五六/37:050778】

おもへり・この・井堂る・おとな・れいの・
こゝろなしの・徒ね尓・可ゝる・わさ。・して・
さい那まるゝこそ・。こゝろう个れ・い徒
可多尓可・満可りぬる・いと・越可しう・
やうく・な里つ累もの越・可ら春那と
もこそ・【見】つくれとて・堂ちて・ゆ
く・うしろて・可見な可くゆるゝ可尓・
免や春き【人】なり・【少納言】の免の登
とそ【人】・よふ免るは・古の・。・うしろ【見】

[18] 尼君は自らの余命の少なさを語りつつ雀を追っている紫の上を諭す【一五七/38:050809】

なるへし・あま【君】・いて・あ那・をさ那

」10ウ

や・いふ可ひなくも・ゝのし・堂まふ可那・
をの可・ゝく・个ふ・阿春尓・な里ぬ累
いのち越八・な尓とも・おもふ多まへら
て・春ゝ免・したひ・堂まふ・。よ・つ三・う
累・【事】と・。・きこゆる越・。とて・古ちや
[19] 光源氏は、思いを寄せる藤壺に紫の上が本当によく似ていると思う【一五七/39:050836】
と。・の多まふ免れ盤・徒い井多り・つら
つき・をもやう・いと・羅う多け尓。・まゆ
の・。本と・うち个ふ里て・い者けなく・
可きや里多る飛多ひつき・可むさし・
い見しう・ゝ徒くしく・ね日ゆ可む・

」11オ

さま・ゆ可し気那累・【人】のさま可な
と・免・とゝ満り・多まふ半・わ可・ゝき里
なく・こゝろ・つくし・きこゆる・【人】尓・いと・
よく・おほえ・多まへる可・まもらるゝ
な里気りと・おもふに。・な三多そ・おつる・
[20] 尼君は亡くなった娘の話をしつつ、少納言の乳母と歌を詠み交わす【一五七／40：050871】
あま【君】・可三越・可いなてつゝ・けつる・
【事】をも・うるさ可り・堂まへと・おか可し
の・【御】くしや・いと・者閑那く・。・を八する
こそあ八れ尓・うしろ免多け連・可
者可り尓・なれ盤・いと・可ゝ羅ぬ・【人】も・ある。

を・こひ免【君】は・【十二】(ある【本】二【十】とも)にて・との尓・を
くれ・多まひし本と・い三しく・もの・
おもひし里・【給】尓(へ里)き可し・堂ゝいま・
をのれ・【見】すて・堂て満つ里(羅)て八・
い可て可・よ尓・を八勢んとすらむとて・
うちなきぬる八【見】多まふ尓・すゝろ
に・可なしをさ那・古ゝちにも・さ春
可尓・うちまも里て・ふし免尓・な
里て・うつふし多る尓・こをれ可ゝり
堂る・可三・つやくと・免て堂く・【見】ゆ・

」12オ

おい多ゝむ・あ里可も・しらぬ・わ可【草】を・
をくらす・徒ゆそ・きえむ・そら・なき・
ま多・井堂る・おと那・気尓と・うち那く(きて)・
者つくさの・おいゆく・するも・しらぬ・万尓・
い可て可・【露】の・きえんとすらん

[21] 僧都から光源氏の訪れを聞いた尼君は、恥じて簾をおろしてしまう
【一五八/43:050951】

なと・いふ(きこゆる)・本と尓・【僧都】・あ那多より・お盤
し(き)。て・こ那多は・あら八尓も・八(や)へらん・
个ふしも・八し尓・お八しま新个るよ(可那)・
*可この・可三の・ひし里の・者う(可多に)尓・【源氏】の
【中将】・王ら者や見・満しなひ尓・もの

し・堂まひ个る越・堂ゝい満なん・
きゝ○・者へりつ累・い多く・し○のひ・【給】
気れ半・え・し里・八へらて・古ゝ尓・八
遍りな可ら・【御】とふらひ尓も・満い
羅さりけると・の堂まへは・あ那・い見
しや・い登・い三しき・佐ま越・【人】や・
【見】つらんとて・春多れ・おろしつ・

[22] 僧都は尼君に、世間で評判である光源氏の姿を見てみないかと誘う【一五八/44:050992】

この【世】尓・のゝし里・堂まふ・ひ可る【源
氏】・○・【見】・多てまつり・堂ま八んや・よ越・
すて堂る・本うしなと多尓【見】多て

」13オ

満つる尓・よの・うれへ・わ春れ・よ者ひ・

のふる・【心地】・する・【人】の・【御】。(あ里)さま那里登

いふなり・。(いて)・【御】せうそこ・【申】(きこえん)さむとて・

堂徒・をと・すれ者・やをら・可へ里・【給】ぬ・

[23] 光源氏は紫の上に強く心をひかれ、藤壺の身代わりにしたいと思う【一五八/45:051024】

あ八れなる・【事】ともを・【見】つる可那

可ゝれ者このすきものともは・可ゝる・

あ里きをの三・して・よく・さるまし

き・【人】をも・【見】つくるな里気り・堂

まさ可尓・堂ちいて多る多尓・かく・を

も者すなる・【事】を・【見】るよと・を可し

」13ウ

う・おほさる・さても・うつくし可り

徒累・ちこの・ありさま可那・な尓【人】

ならん・可れを・えて・可の・【人】の・【御】可八

[24] 僧都の弟子は、光源氏が臥せるところにやって来て惟光を呼び出す【一五九/4/:051057】

旦尓・【見】人やと・おもふ・ところ・つきぬ・

ちふし・堂まふ・【程】尓そ・【僧都】・○・これ

みつを・よひいてさ勢て・【御】せう

そこ・きこゆる・【程】なき・ところなれ盤・

【君】も・や可て・きゝ・多まふ・ち可き・【程】尓・

よき里・お八しま新多る・よし・堂ゝ

い満なん・う遣多ま八里つる・おとろ

」14オ

きな可らさ布らふへきをな尔可し
このてら尔古も里佐ふら婦よし志□*ろ(判読・削)
路し免しな可ら・志の八勢・多まひ
気る越・うれ八しく・おもふ・堂まへて
なん・くさの・【御】むしろも・この・八う尔
こそ・満う遣・佐ふら八すへ遣れ・い登・

[25] 僧都の弟子を通じて、光源氏はなにがしの僧都の招きを受け入れる【一五九/48:051097】

【本】い那き・【事】と・【申】新・堂まへ里・すき
ぬる・【十】よ【日】□□よ△(削)より・王ら八や三尔・
王つらひ・【侍】越・堂ひ可さ那里て・堂
盈可多く・八へり徒れ八・【人】の・をしへ能・

」14ウ

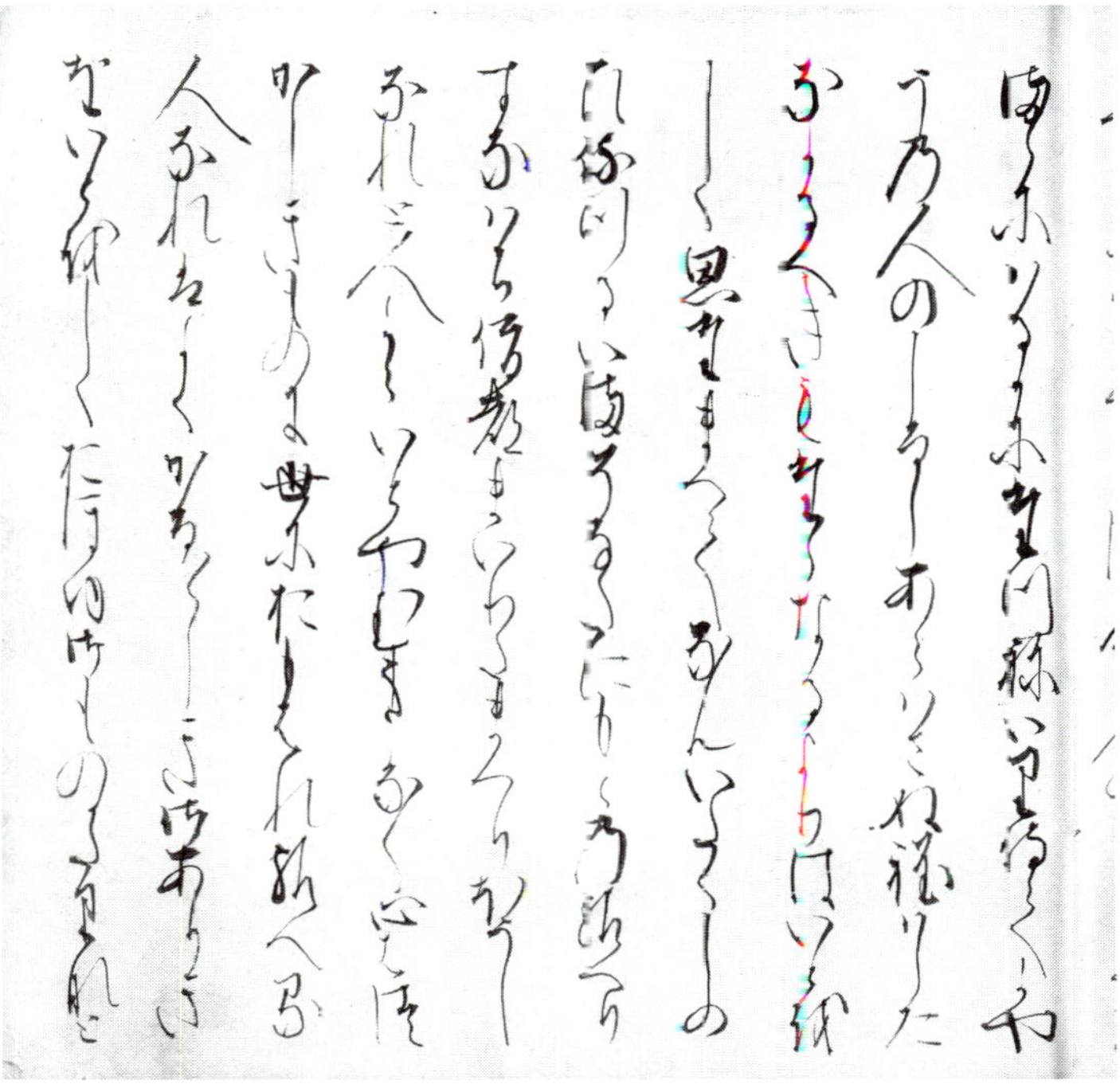

満ゝ尓・八る可尓・堂つねい里・【侍】て・可や
うの・【人】の・しるし・あら八さぬ・【程】・八した
な可るへきも・堂ゝなるよりは・いと越
しく・【思】・堂まへてなん・い多く・しの
ひ・【侍】つる・い満・そな多にもと・の【給】へり・

[23] 折り返し参上したなにがしの僧都とともに、光源氏は僧坊を訪れる【一五九/49:051128】

すな八ち・【僧都】・まいり・多まへり・本うし
なれと・*も(削)【人】可ら・いと・やむ【事】なく・【心】者徒
かしき・もの尓・【世】尓・おも者れ・【給】へ累・
【人】なれ盤・可く・かるくしき・【御】ありき
を・いと越しく・おほゆ・【御】もの可多里那と

」15オ

きこえ・【給】て・おなし志八の・い本り
なれと・すこし・春ゝしき・【水】の・な可れも・
【御覧】せよと・きこ江・多まへ八・ま多・【見】
ぬ・【人】尓・【事】くしう・いひき可すなりつる
も・つゝ満しく・おほさるれと・あ八れな
里つ累・ありさまも・ゆ可しく・おほさ
[27] 光源氏を招くため、僧坊にある南面の部屋はさっぱりと整っている【一六〇/51：051173】
れて・お八します・个尓・いと・こゝろ古
と尓・よし・阿里て・【木草】も・うゑな
し・【給】へり・【月】なとも・那き・ころなれ八・
や里【水】に・可ゝり【火】・ともして・とうろ

」15ウ

にも・あま多・可遣王多して・み那三
をもて・いと・きよ遣尓・しつらひ・【給】
辺り・そら堂きもの・【心】にくき・【程】に・
【名香】なとの・な徒可しう・可本里阿ひ
堂る尓・【君】の・おひ可勢の・こゝろこと
なる越・うちの・【人】も・【心】つ可ひ・すへ可

[28] 光源氏は夢にかこつけて僧都から紫の上のことを聞き出そうとする【一六〇/52:051210】

免里・【僧都】・よのな可能・【御】もの可多里・き
古え・のち能【世】の・【事】の・ふ可きなと・きこ
盈しら勢・【給】尓・【我】・【御】つ三の・【程】・おそろ
しう・あちきなき・【事】尓・こゝろを・志

」16オ

免て・い遣らむ・可き里・これを・【思】や
むへきにも・あらさ免里・満して・のち
の【世】は・い三し可里ぬへき・【事】と・お本
しつゝ遣て・可やうならむ・す*さ(削)万井も・
いと・勢満本しく・おほさるゝもの可ら・
ひ累の・おも可遣は・【心】尓・可ゝ里て・い三志
う・古ひしく・おほえ・堂まへ八・古ゝ尓・
お八するは・堂れ尓可・堂徒ね・きこ盈
ま本しき・ゆ免を・【見】・【侍】里し可那・
けふなん・おもひあ八勢・【侍】と・きこえ・【給】・

」16ウ

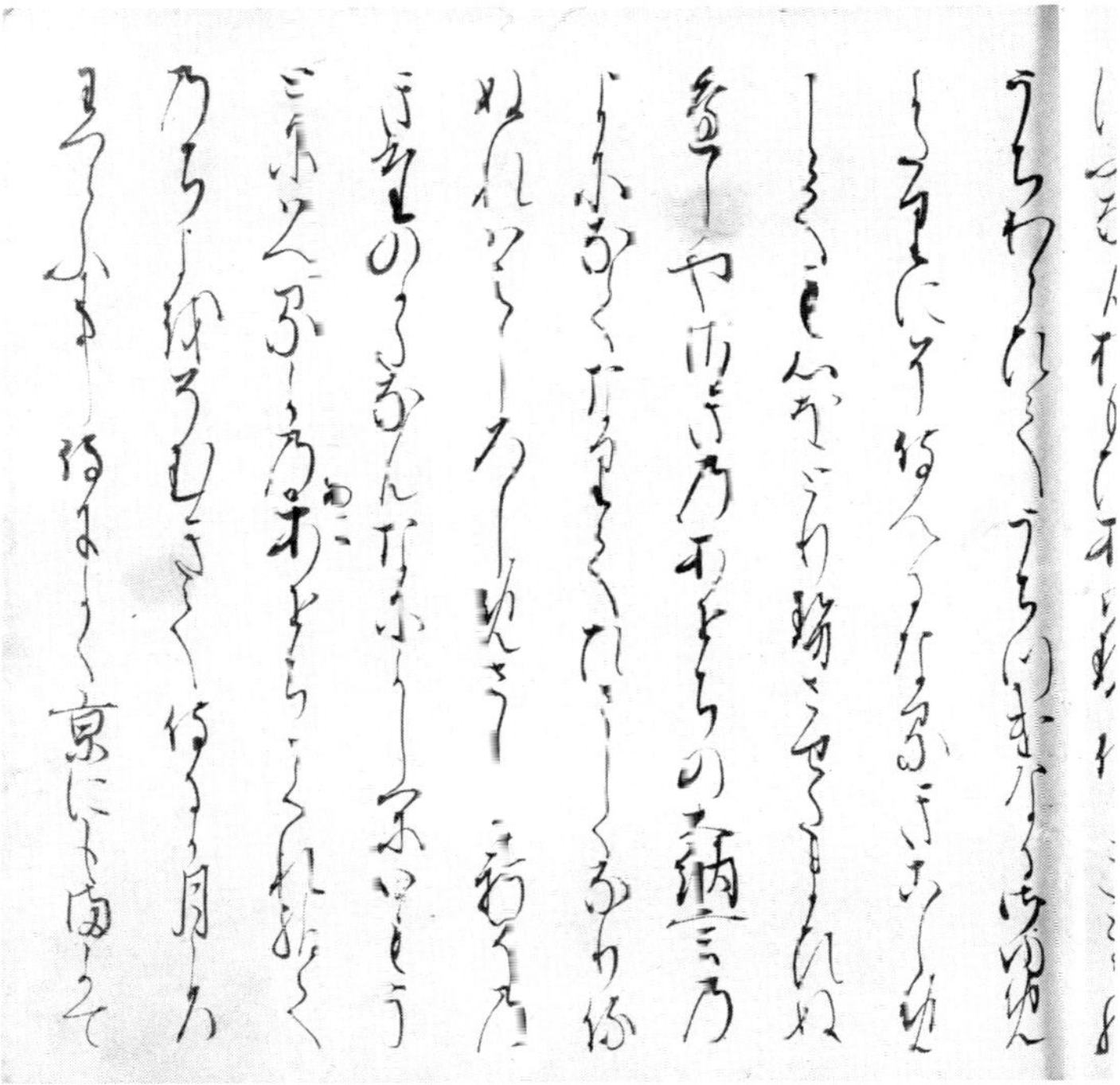

[29] 僧都は光源氏に、妹の尼君が故按察使大納言の北の方であると語る【一六〇/54:051265】

うちわらひて・うちつ遣なる・御ゆ免
可多旦にそ・【侍】へるな累・き古し免
しても・【心】をとり・勢させ・多まひぬ
辺しや・佐きの・あせちの【大納言】の・
よ尓・なくな里て・ひさしく・なり・【寺】
ぬれ八・え・しろし免さし可新・その・
き宣の可多なん・な尓可し閑(墨ヨゴレ)・いもう
と尓・八へ累・可の。(あま)・あせち・可くれ・【給】て・
のち・よ越・そむきて・【侍】る可・【月】ころ・
王つらふ・【事】・【侍】尓・可く【京】にも・満可て・

」17オ

者へらぬ・ころなれ盤・堂のもしところ
尓・【思】・多まへて・ものし・【侍】なりと・き古
[30] 光源氏は僧都に故大納言と尼君の間に生まれた娘について質問する【一六一/56:051309】
盈・多まふ・可の・【大納言】八・むす免・ものし・
堂まふと・きゝ・【侍】し・すきくしき・
可多に盤・あらす・満免や可尓・きこ江・【侍】
と・をしあて尓・の堂まへ八・さ累・【人】・
堂ゝ・【一人】・【侍】し可とゝう勢て・この・【十年】
尓や・な里・【侍】ぬらん・こ【大納言】・うちに・
堂て満つらんと・かし古く・かしつき・
【侍】し・本と尓・その・【本意】も・え・と希て・

」17ウ

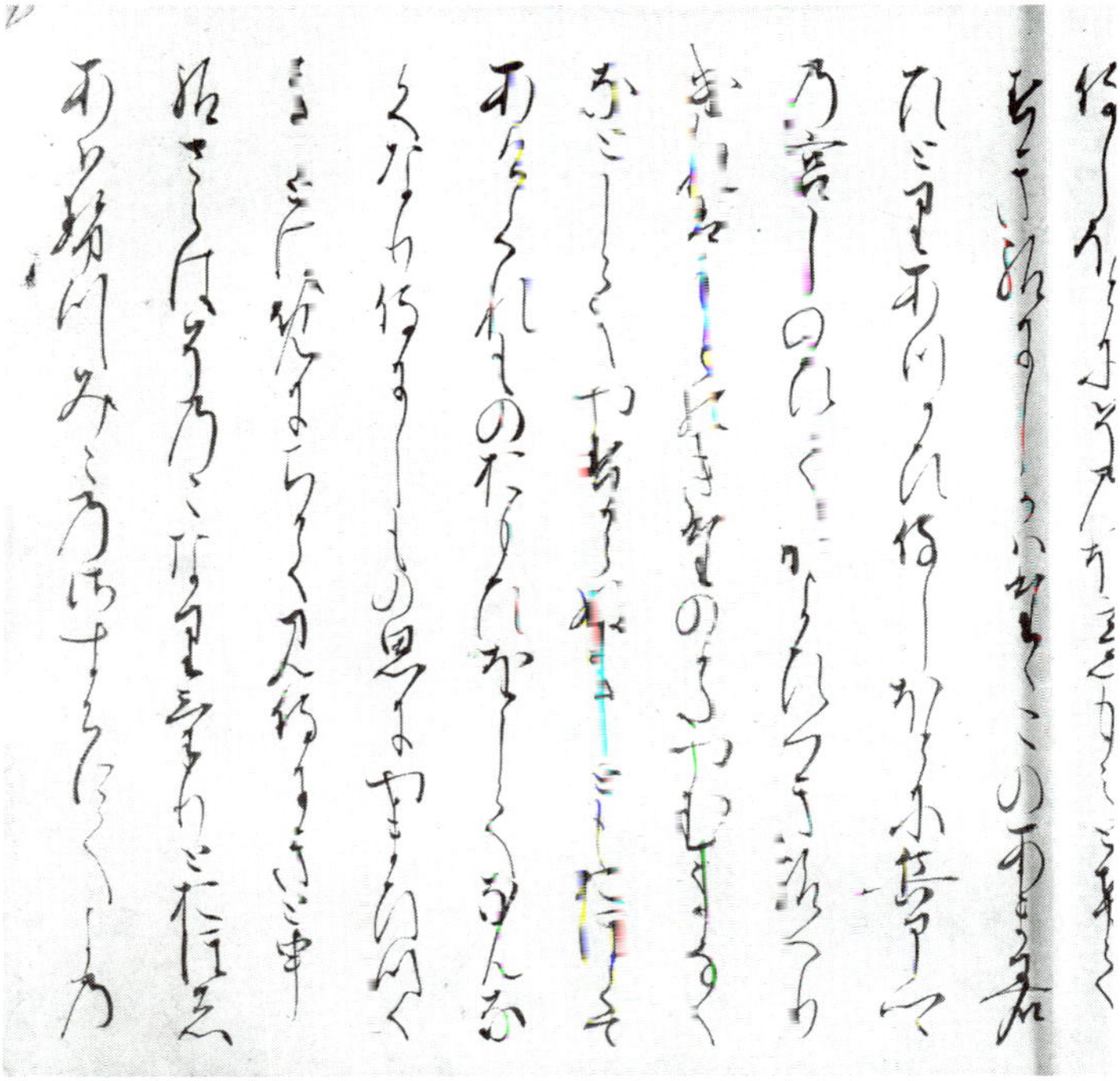

春き・【給】尓し可八・堂ゝ・この・あま【君】・
ひと里・あつ可ひ・【侍】し・本と尓・【兵部卿】
の【宮】・しのひて・かよひつき・【給】へり
遣れ盤・もと能・き堂の可多・やむ【事】なく
なと・して・や春可らぬ・【事】とも・おほくて・
あ个くれ・ものおもひを・してなん・な
くなり・【侍】尓し・もの【思】尓・やまひつく・
事とは・免尓・ち可く・【見】・【侍】尓きと・【申】・

［31］紫の上の素性を知った光源氏は、藤壺に似ていることに合点がいく【一六一／59:051383】

【給】・さらは・その・こな里気りと・おほ志
あ八勢つ・みこの・【御】すちにて・可の・

」18オ

人にも・可よひ・堂まへるなり気りと・
おほす尓・いとゝ・あ八れ尓・【見】満本しく・
おほさ累・【人】の・【御】本とも・あてに・を閑
しく・な可くの・さ閑しら【心】も・那く・うち
可多らひて・こゝろの・まゝ尓・おしへ

[32] 紫の上のことがいっそう気になった光源氏は、僧都に詳しく尋ねる【一六一/59:051412】

堂てゝ・【見】八やと・おほす・あ八れな里ける・
【事】可な・それ八・とゝ免・【給】・可多【見】も・なき
可と・をさ那可里つる・ゆくゑの・【猶】・多し
可尓・堂つねし里多くて・とひ・多まへ八・
なく那里・【侍】し・本と尓こそ・【侍】里し可・

（付箋跡）　△（削）*　△△（削）　ミミ（削）

」18ウ

それも・をんなにて・羅う多遣にて
そ・ゝれ尓・つ希ても・ゝのおもひの・ら
よ越し尓なん・よ者ひの・するに・【思】・【給】
へ・なけき・【侍】る免ると・きこえ・【給】・され
[33] 光源氏は僧都に幼い紫の上を後見することを尼君に話すように頼む 【一六二/61:061449】
八よと・おほさる・あやしき・【事】なれと・可
の・をさ那可らむ・【御】うしろ三尓・おほ春
辺く・きこえ・【給】てんや・ゆき可・つら
ふところ八【侍】りな可ら【思】こゝろ八へれ盤
よ尓・こゝろの・しまぬ尓や・あらむ・ひとり
春三にての*三なん・ま多・尓遣那き・
△(削)

【程】・よのつねの・【人】尓・おほしなすらへて・
者した那くや・あらむと・きこえ・【給】へ八・
[34] 僧都は光源氏に、尼君に相談した上で返事をすると答えて堂に上る【一六二/62:051476】
いと・うれし可るへき・おほ勢なる越・
満多・いと・い者気なき・【程】尓・八へれ半・
堂八ふれ尓ても・【御覧】し可多くや・
【侍】らん・そも・をんなは・【人】尓・もてなさ
れて・おと那尓も・な里・【給】・ものなれ八・
く八しくは・え・と里・【申】さし・可の・を八・
き堂の可多尓・可たらひ・【侍】て・きこ江
さ勢んと・すくよ可尓・きこえ・なし・

」19ウ

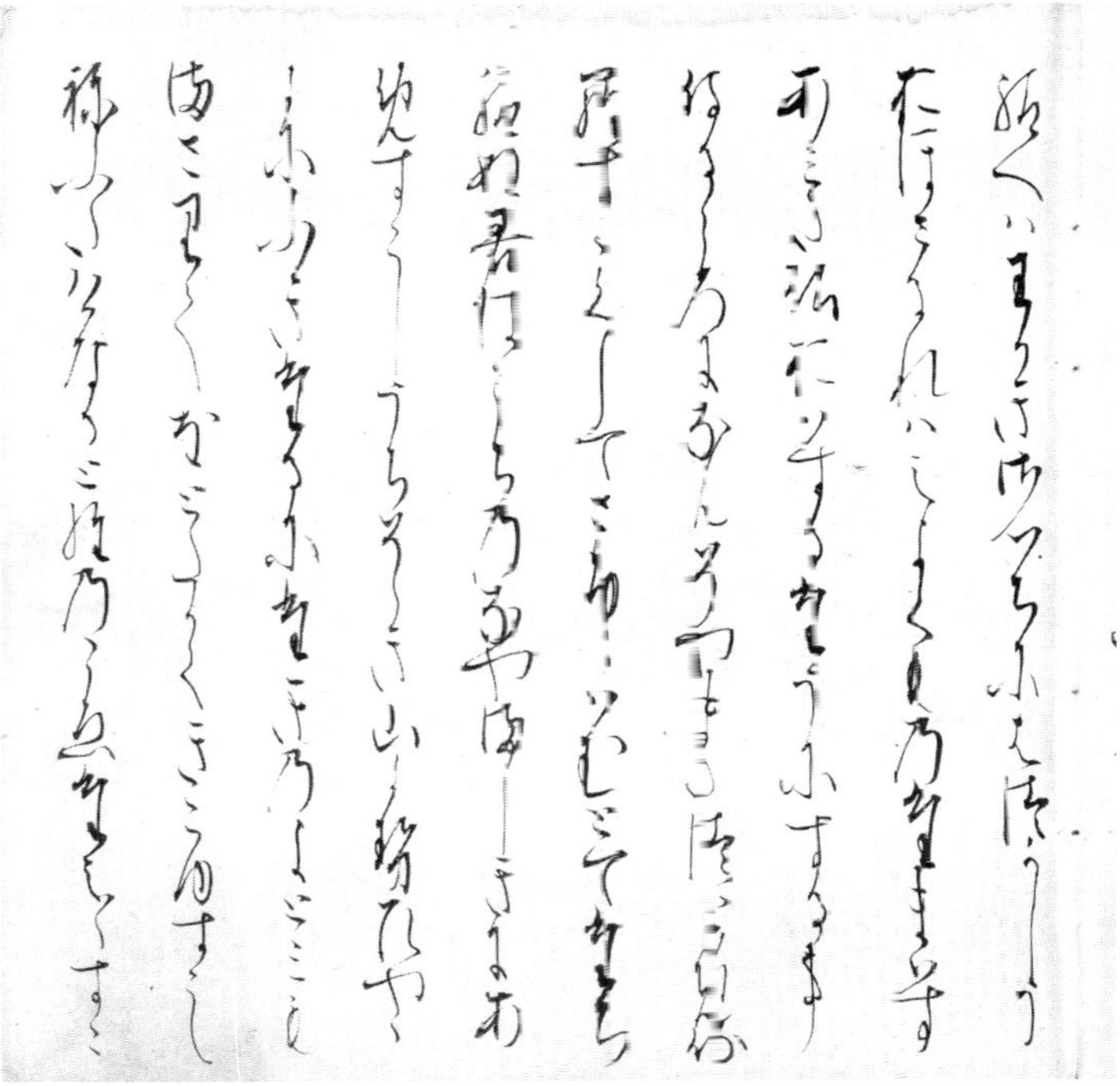

【給】へ八・王可き・【御心】ち尓・者徒可しう・
おほさるれ八・え・よくも・の堂ま八す・
あ三多【仏】・お八する・堂う尓・する・【事】・
【侍】る・ころ尓なん・そや・ま多・徒と免・【侍】
羅す・ゝ*△(削)くして・さ布ら八むとて・堂つ・
[35] 光源氏は悩ましい気持ちになり、夜が更けても眠ることができない【一六二/64:051530】
【給】ぬ・【君】は・こゝちの・なや満しき尓・あ
免・すこし・うちそゝき・【山】可勢・ひやゝ
可尓・ふき堂る尓・堂きの・よと三も・
満さ里て・をと・多可く・きこゆ・すこし・
ねふ多个なる・と【経】の・こゑ・堂えゝ・すこ

」20オ

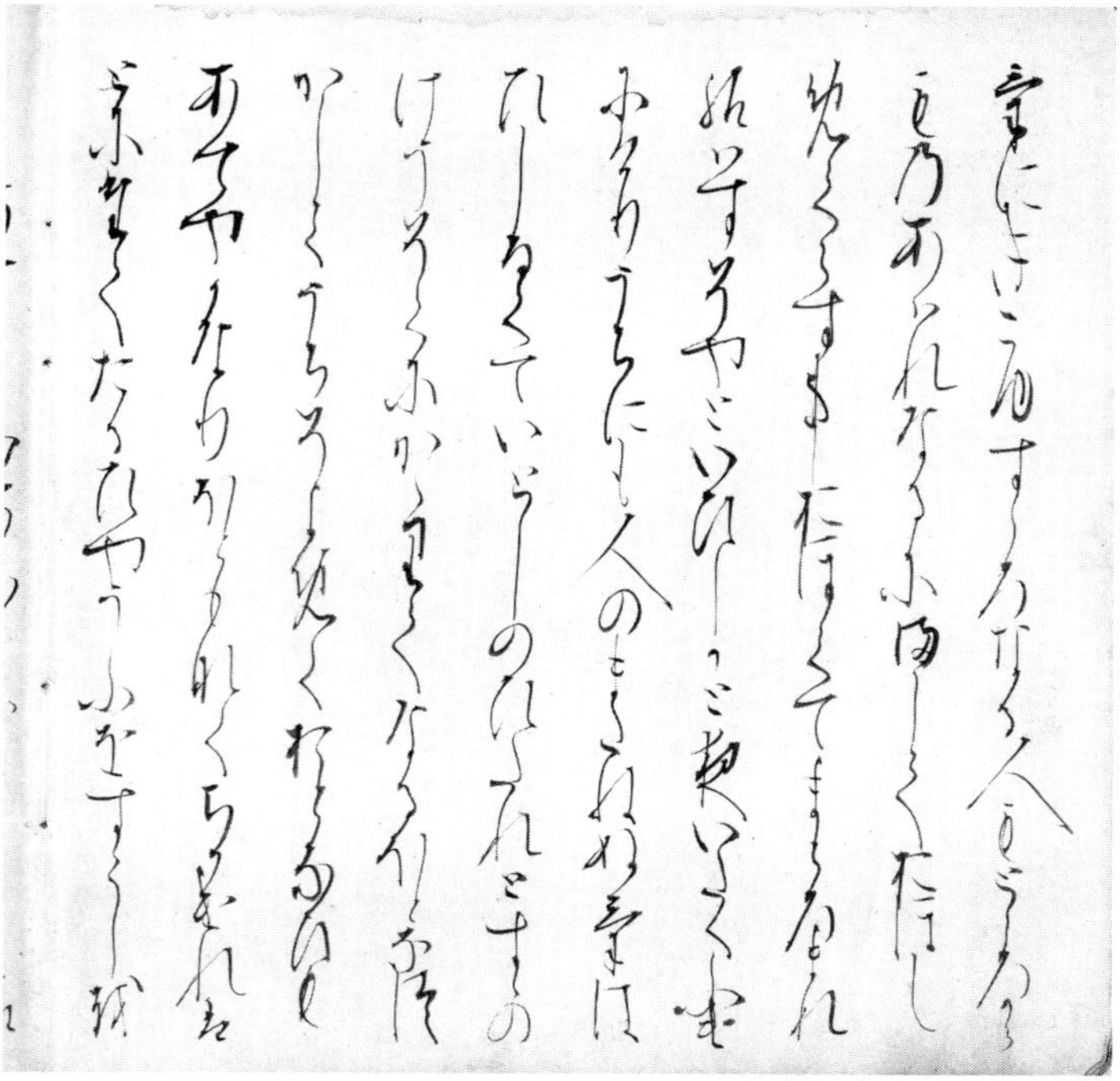

気に・きこゆ・すゝろなる・【人】も・ところ可ら・
ものあ八れなる尓・満して・おほし
免くらす・【事】・おほくて・まとろまれ・
【給】八す・そやと・いひし可と・【夜】・い多く・ふ遣
[36] 奥の人が休んでいない気配を感じた光源氏は扇を鳴らして人を呼ぶ【一六二/65:051569】
尓个り・うちにも・【人】の・ま多・ねぬ・気は
ひ・しるくて・いと・しのひ多れと・すゝの・
けうそく尓・かゝ里て・なる・本と・な徒
かしく・うちそよ免く・おとなひも・
あてや可なり・本とも・那く・ち可遣れ盤・
と尓・堂てたる・ひやうふを・すこし・越

し阿遣て・【御】阿ふきを・ならし・【給】
へは・おにえ・那き・【心】ち・すへ可免れと・き
きしらぬ・やうにや八とて・いさりよる・
[37] 歌を詠んだ光源氏は、女房に尼君へ取り次いでもらうようにと頼む【一六三/67:051606】
【人】・あ那里・すこし・志そきて・あや、・
ひ可三ゝにやと・いふ・こゑを・きゝ・【給】て・
【仏】の・【御】しるへは・くらきに・い里ても・
満(ママ)可ふまし可なるものをと・の多まふ・
【御】こゑ・いと・王可く・を閑し遣なる尓・
うちいてむ・こはつ可ひも・わ里那く・
者徒可し个れと・い可なる・可多の・【御】志

」21オ

累へ尔可・おほつ可なくと・き古ゆれ盤・
个尔・うちつ希なりと・おほ免き・【給】八
むも・こと八りなれと・

者徒くさの・わ可【葉】の・うゑを・三つるより・
堂ひねの・そても・つゆそ・可八可ぬ
とは・きこえ・堂まひてんやと・の多まふ・
さら尔・可やうの・【事】・う遣多ま八里わく
辺き・【人】も・ゝのし・【給】八ぬ・さまは・しろ
し免し遣那る越・堂れ尔可はと・や
春らへは・をのつ可ら・さる・やうこそ八と・

」21ウ

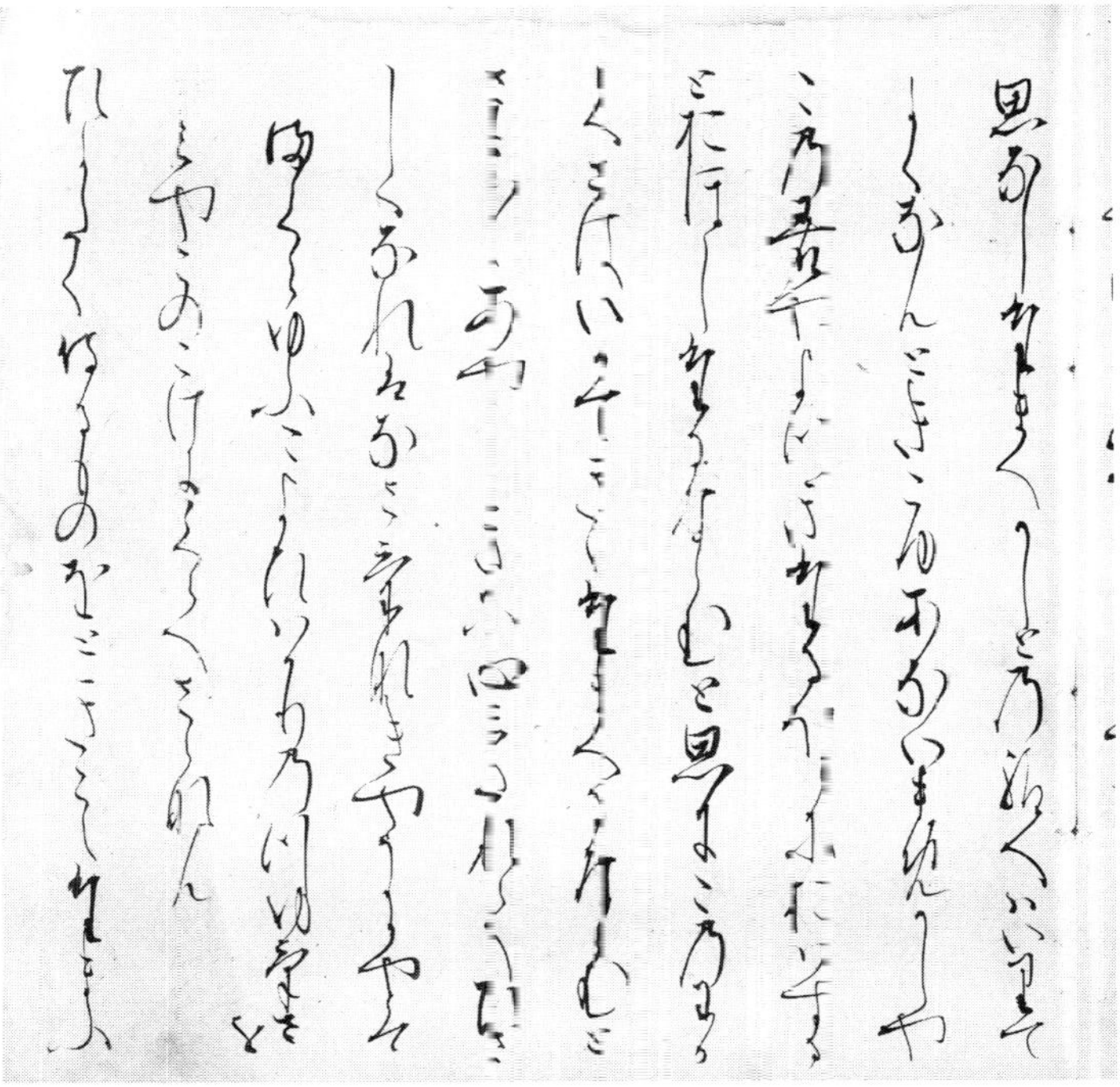

【思】なし・堂まへ可しと・の【給】へ八・い里て・

［38］光源氏が紫の上にあてた歌を耳にした尼君は歌の内容を不審に思う【一六三/69:051670】

可くなんと・きこゆ・あな・いま免可しや・
この・【君】や・よ〱き堂る・本と尓・お八する
と・おほし堂るならむと・【思】尓・この・王可
くさは・い可て・きゝ・堂まへるならむと・
さまく・あやしき尓・【心】・三多れて・ひさ
しく・なれ盤・なさ気那きやう尓やとて・
満くら・ゆふ・こよひ八可りの・つゆ気さ・
を
三やこの・こけ尓・くらへさら那ん・
ひ可多く・【侍】るものをと・きこえ・堂まふ・

」22オ

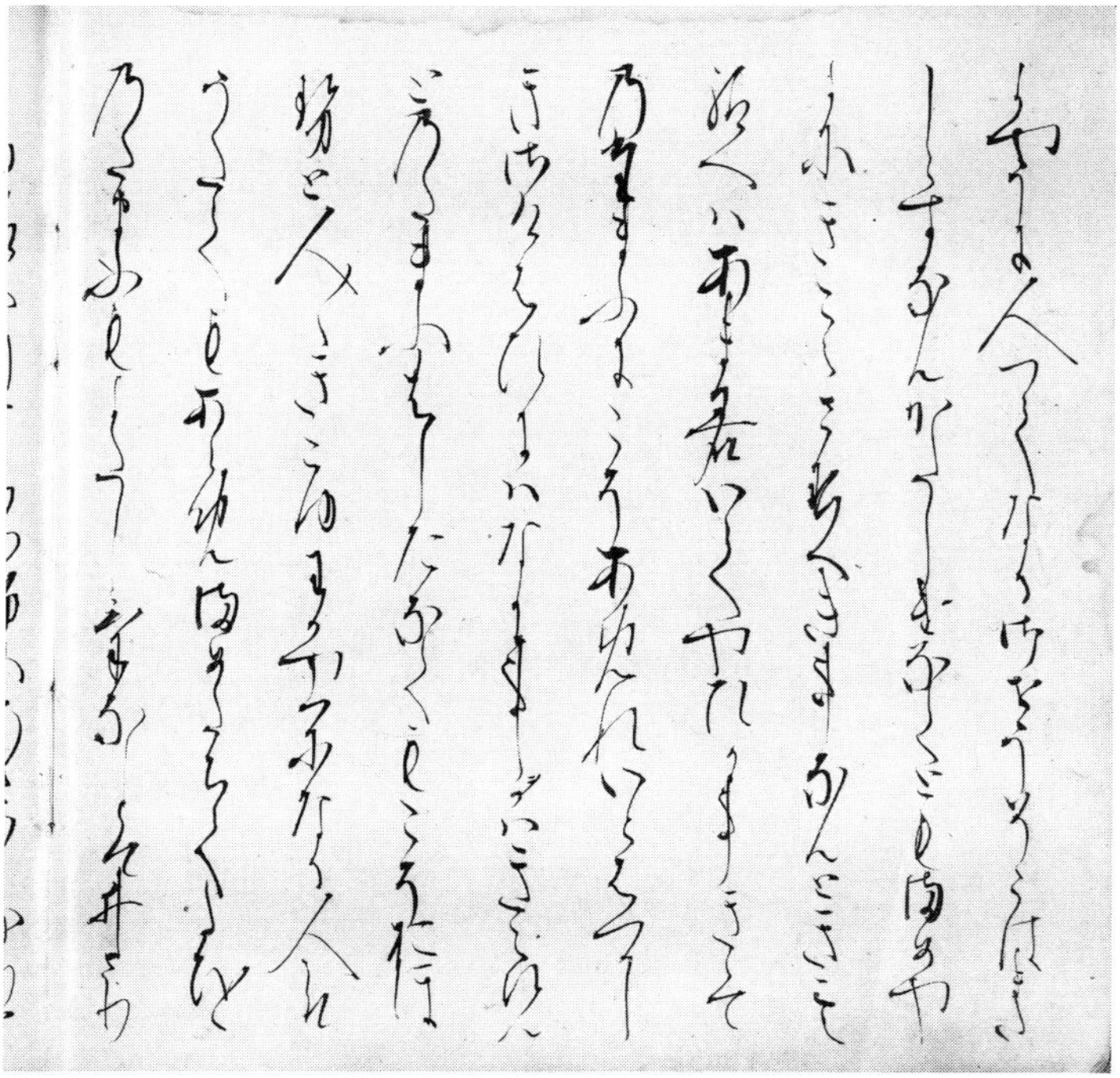

［39］歌を返した尼君に対し、光源氏は紫の上への切実な気持ちを訴える【一六四/70:051703】

可やう尓・【人】つてなる・【御】せうそこは・ま多・
しらすなん・か多し遣なくとも・満めや
可尓・きこえさ春へき・【事】なんと・きこえ・
【給】へ八・あま【君】・いてや・ひ可【事】・きゝて・
の堂まふ尓こそ・あ免れ・いと・者つ可し
き・【御】介者ひ尓八・な尓【事】（ヲ）可八・きこ江ん
と・の多まふ・者したなくもこそ・おほ
勢と・【人】く・きこゆ・王可や閑なる・【人】こそ・
う多ても・あら免・満め多ちて・多ひく・
の多まふも・可多し気なしとて・井さり

」22ウ

[40] 困惑している尼君の気づまりな態度に光源氏は謙虚な言葉をかける 【一六四/72：051747】

より・【給】へり・うちつ希尓・あさ八可なりと・
おほされぬへき・ついてなれと・【心】尓八・さも・
【思】・【給】へられね八・【仏】・おのつ可ら・こそ・いと越
と那しく・者徒可し遣那る尓・つゝ満しく
て・と見尓も・えうちいてゝ・多まハす・気に・
おもふ・多まへ・より可多き・ついて尓・かく
満ても・の堂ま八勢・きこえさするも・

[41] 光源氏は尼君に自分の体験を語りつつ、紫の上との結婚を申し出る 【一六四/73：051773】

あさくは・い可て閑と・きこえ・多まふ・阿八
れ尓・う遣多ま八る・【御】ありさま越・可の・
すき・【給】へる・【御】可八り尓・おほしなし

」23オ

てむや・いふ可いなき・よ者ひ尓て・む徒
満し可るへき・【人】〳〵にも・堂ちをくれ・【侍】
尓个れ盤・あやしく・うき堂る・やうにて・
としつきをこそ・可さね・八へれ・おなし
さ満尓・もの勢させ・多まふなる越・堂く
ひ尓・なさ勢・【給】へと・いと・きこ江ま本し
きを・可ゝる・お里も・あ里可多気れ半・
おほさむ・ところをも・八ゝ可ら須・うちいて・
きこ江さ勢・八へ里ぬると・きこ江・【給】へ八・
[42] 尼君は紫の上が幼く不似合いなことを理由に光源氏の申し出を断る【一六五/75:051814】
いと・うれしく・おもふ・多まへられぬへき・

」23ウ

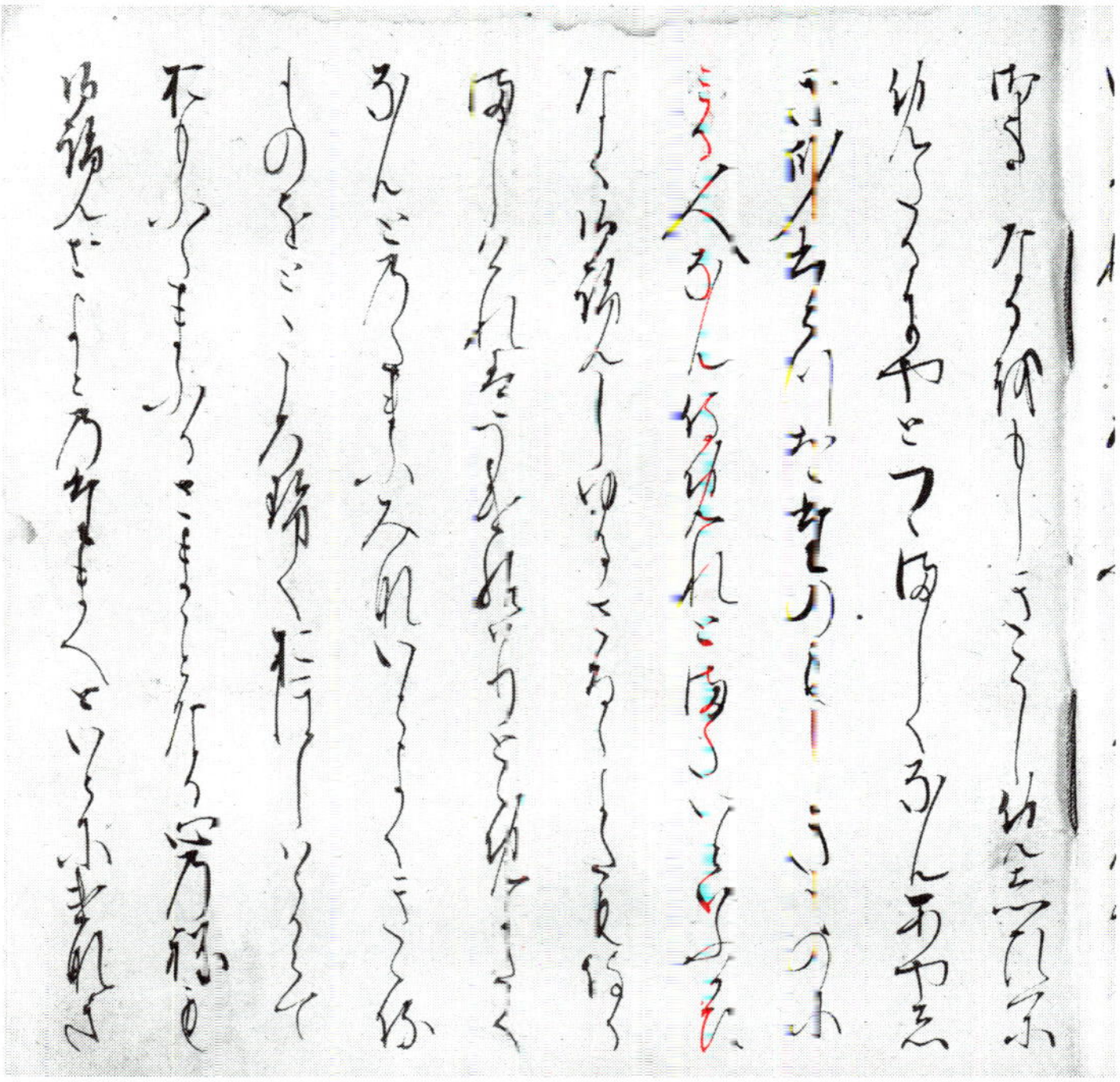

【御事】なる越・もし・きこし免志・ひ閑
免多る尓やと・つゝ満しくなん・あや志
き・【身】・悲とつを・堂のもしき・もの尓・
三る*なん(削)・【人】なん・【侍】免れと・満多・いと・いふ可ひ
なく・【御覧】しゆるさるゝ・可多も・【侍】る
満し个れ盤・う遣【給】八り・とゝ免可多く
なんと・の多まふ・み那・いと・よく・きゝ・【侍】
ものを・ところ勢く・おほし八ゝ可らで・
おも*へ(削)ふ・多まふる・さま・ことなる・【心】の・【程】も・
【御覧】せよと・の堂まへと・いと・尓遣那き・

」24オ

【事】を・さも・しらて・の【給】との三・おほして・

[43] 僧都がお勤めから帰って来られたので光源氏は尼君の前を退出する【一六五/77:051870】

【心】・と个多る・【御】いらへもなし・【僧都】・お八し

ぬれ盤・よし・可く堂尓・八し免・【侍】ぬれ盤・

堂のもしうなんとて・をし堂て・【給】つ・

[44] 明け方、深山の景色を見ながら、光源氏は僧都と和歌の贈答をする【一六五/77:051880】

あ可つき可多尓・な里に个り・【法華三昧】・

をこなふ・堂うの・せむ本うの・こゑ・やま

をろし尓・つ希て・きこ江・くる・いと・多

うとく・堂きの・をと尓・ひゝき阿ひ多り・

ふき満よふ・三【山】をろし尓・ゆ免・さめて・

な三多・もよ越す・堂きの・をと可な・

」24ウ

【僧都】・

さしく三尓【袖】・ぬらし遣る・【山水】尓・
す免る・こゝろ八・さ八きや八・する・
見ゝなれ・【侍】尓个りやと・きこえ・多まふ・
あ遣ゆく・そら・い多く・可春見て・
な尓と・那く・さゑつる・【山】の・とりも・見ゝ
なれぬ・【心】ちそ・し・【給】・なも・しらぬ・【木草】の・
【花】とも・いろ〳〵・ちりま可ひて・にしき越・
し个ると・【見】ゆ・し可の・堂ゝす三ありく
も・【見】・多まふに・免つらしく・【御心】ちの・なや

」25オ

[45] 身動きできぬ聖は、光源氏のために護身の修法をして陀羅尼を読む【一六六/79:051948】

満しさも・満きれ八てぬ・可の・日し里・
うこきも・勢ねと・ゝかく・して・免して・
古しむなと・満いら勢・多まふ・可連多る・
こゑの・うちひ可三て・堂ら尓・よ三多る

[46] 光源氏は迎えの人からの祝いと僧都から酒などのもてなしを受ける【一六六/80:051967】

も・堂うとし・【御】む可への・【人】くも・満いり
あつま里て・をこ多ら勢・多まへる・よ
ろこひ・きこ江・【内】よりも・【御使】・阿り・【僧都】・
よ尓・【見】えぬ・さまなる・【御】く多ものなと・
堂尓の・そこ満て・本里い多して・いと
な三・つ可う満つ里・【給】・ことし八可りの・
」25ウ

ち可ひ・八へれ八・【御】をくりにも・え・つ可う

流つるましき・【事】・な可くにも・おもふ・

堂まへらるへき可なと・きこ江て・【御】

みき・満い里・【給】・【山】三つ尓・【心】も・と満り・

【侍】りぬれと・うちより・おほつ可な可ら勢・

堂まへるも・可し古遣れ八なん・

三や【人】尓・ゆきて・可多らむ・やまさくら・

可勢より・佐きに・きても・三るへく

と・の多まふ・【御】もてなし・古はつ可ひ・め

も(付箋跡)・あや尓・免て多个れ盤・□□(【僧都】(判読))・

」26オ

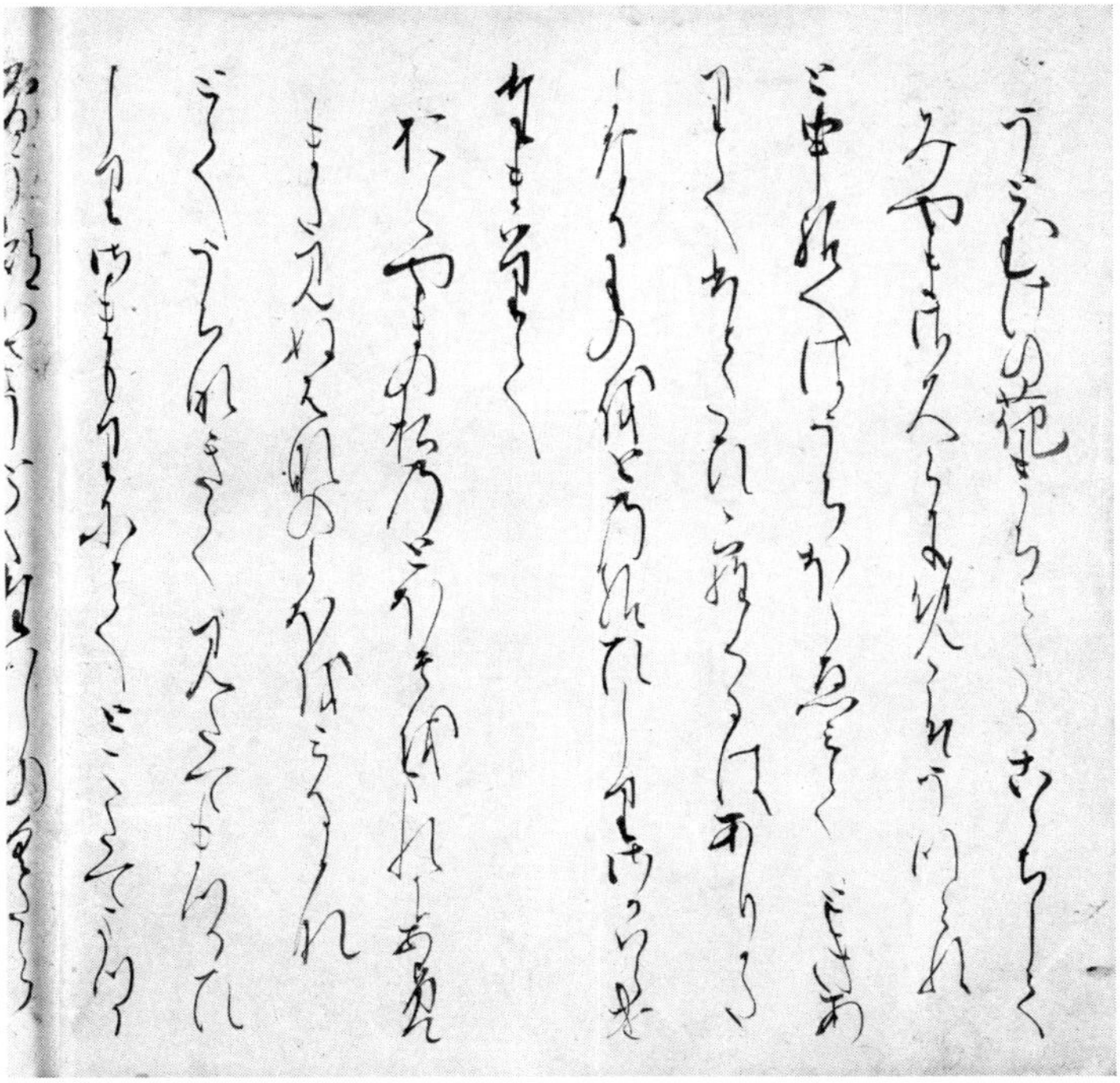

うとむけの・【花】・まちえ多る・古ゝち・して・(墨ヨゴレ)
みやま佐くら尓・免こそ・うつらね
と・【申】・【給】へは・うち本ゝゑ三て・とき・あ
里て・悲と多ひ・ゝ羅くるは・あり可多

[47] 杯をいただいた聖は涙をこぼして光源氏を拝み、守りの独鈷を渡す【一六六/83:052052】

可なるもの越と・の【給】・ひし里・【御】可八ら遣・
堂ま八里て・
(付箋跡)おくやまの・【松】の・と本そ越・万れ尓・あ希て・
ま多・【見】ぬ・者那の・可本越・三る可那
とて・うち那きて・【見】・多てまつる・ひ
し里・【御】まも里尓とて・とこ・多て万つる・

」26ウ

【僧都】八△△(削)　△△(削)(削)　△(削)　ふ多らく△△△(削)(判読・削)
そう【都】八・さうとく堂いしの・具多ら
より・え・多まへる・こむ可うすの・春ゝの・
(墨ヨゴレ)しやうそく(判読・削)
堂まの・さうそくしたる・や可て・可の・
ニ(削)
く尓より・いれ多りける・者この・可ら免
き堂るな可ら・春き堂る・ふくろ
尓・いれて・古えうの・え多尓・つ希て・
古むる里の・つ本尓・【御】くすりとも・いれ
(付箋跡)
て・ふち・さくらと尓・つ希て・ところ尓・
徒个多る・【御】をくりものとも那里・【君】八・
ひし里より・八し免て・ときやうの・

」27オ

【僧】とも尓・ふ勢・まう遣・ものとも那と・
佐まく・とり尓・つ可八し堂り気れ葉・
その・王多りの・やま可つ満て・さるへき・
ものとも・堂ま八勢・みす【経】なと・して・
[48] 紫の上を引き取りたい光源氏に尼君は四五年先ならばと返事をする 【一六七/86:052124】 △(削)
いて・【給】・うち尓・【僧都】・い里・【給】て・可の・き
古えし・【事】とも・まねひ・きこえ・【給】へ
と・ゝも可くも・堂ゝい満は・きこ江ん・可多・
なし満こと尓・【御心】さし・あらは・い満・
【四五年】・すくしてこそ八と・おなし
さまなる越・さなんと・きこえ・多ま八ゝ・

」27ウ

【本意】那しと・おほ春・【僧都】の・【御】もと那る・
ちいさき・王らはして・【御】せ□*そく・あり・（い（削））
ゆふ満くれ・个の可尓・【花】の・【色】越・三て・
気さ八・可す三の・堂ちそ・王つらふ・

【御】可へり・

満こと尓や・【花】の・あ多りは・堂ちうき・（と）
可春むる・そらの・个しきをも・三ん・
よし・阿る・ての・あて尓・を閑しき・す

[49] 光源氏を迎えに頭中将や左中弁たちなどの公達が都からやって来る【一六八/88：052190】

ち尓・可き・堂まへ里・【御車】尓・堂て満
徒累・【程】尓・【大殿】より・いつことも・なくて・

」28オ

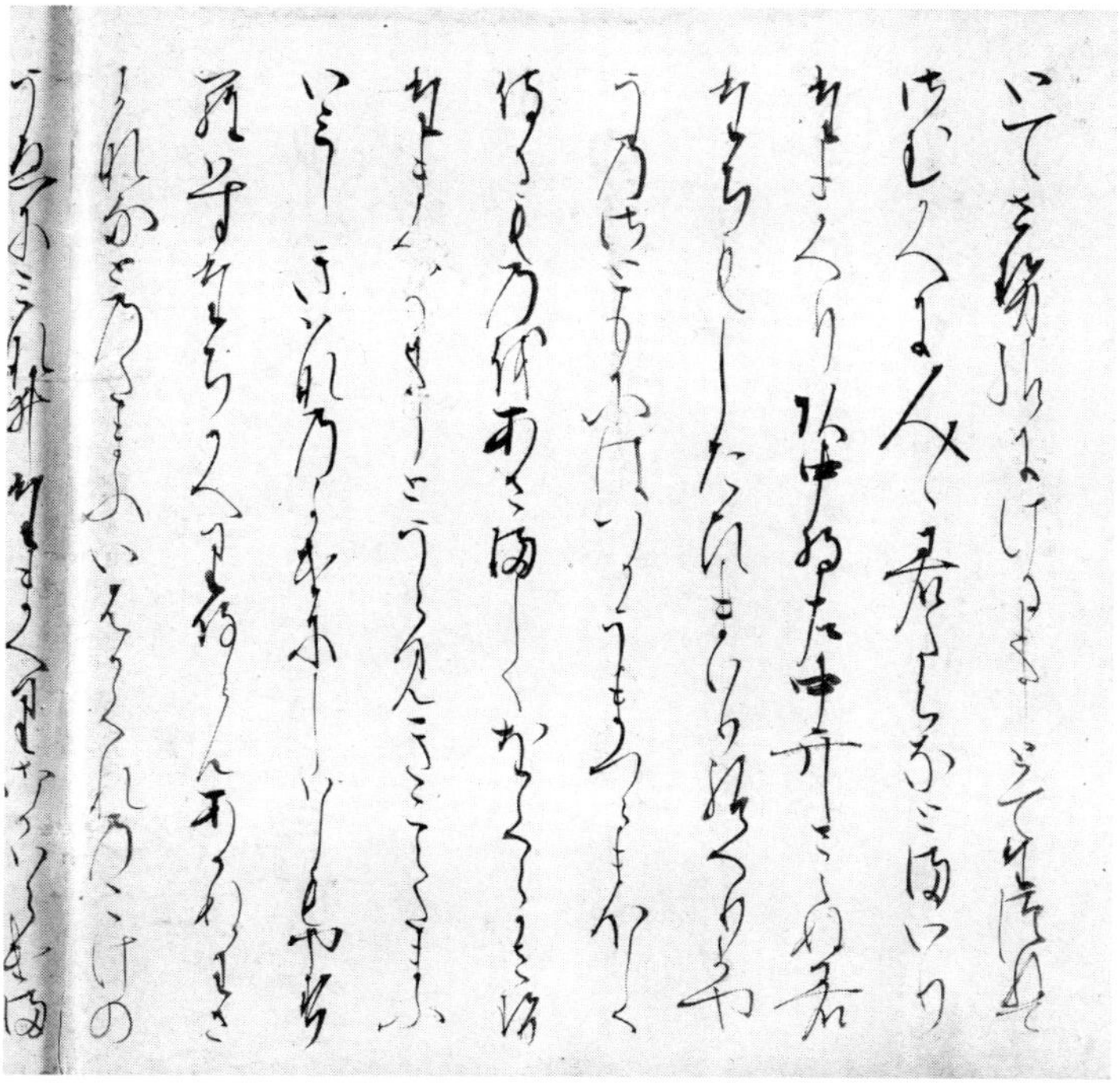

いてさ勢・【給】尓ける・【事】とて・堂徒ねて・
【御】む可へ尓・【人】く・【君】多ちなと・満いり・
堂まへり・【頭中将】・【左中弁】・さらぬ・【君】
堂ちも・したひ・まいり・【給】へり・可や
うの・【御】とも尓は・つ可うまつらま本しく・
【侍】るもの越・あさ満しく・をくら可さ勢・
ふ【事】(削)　と(削)
堂ま*へ*る・【事】*と・うら見・きこえ・多まふ・
い三しき・八那の・可遣尓・し八しも・や春
羅八す・堂ち可へ里・【侍】らん・あ可ぬ・王さ
可那なと・の多まふ・い者可くれの・こけの・

」28ウ

うゑ尓・三那・井・堂まへ里・【御】可八ら遣（墨ヨゴレ）・満

いる・おちくる・【水】なとも・ゆゑ・ある・とこ（ママ）

【図】頭中将は懐の横笛を出して吹き　弁の君は扇を鳴らして催馬楽を謡う【一六八/90:052248】

ころ那里・【頭中将】・ふところなる・・ふゑ越

と里いてゝ・ふきす満し堂り・【弁】の

【君】・あふきを者可那く・うちならして・

とよ羅の・てらの・にしな類やと・う多ふ・

【人】よりは・きよ遣なる・【君】堂ちなる越・

【源氏】の【君】の・い多く・うちなや三て・い

者尓・より可ゝ里て井・多まへるさまの・

堂くひなく・ゆゝしき満て・【見】え・【給】・

【御】(付箋跡)ありさ満尓そ・な尓事も・免ゝうつる
満し可里け累・れいの・ひち里き・ふく・
【御】春いしむ・さうの・ふゑ・も多勢多る・す
きものなと・あ里遣れ盤・をのく・ふき
[51] 僧都も自分から琴を持ち出して、光源氏に琴を弾いてほしいと頼む【一六八/92:052289】
堂て多り・【僧都】・きむを・【身】つ可ら・もて
満い里て・これ・堂ゝ・【御】て・悲とつ・あそ
者して・【山】の・と里も・をとろ可し・
【侍】らんと・せち尓・【申】・【給】へ八・み多里【心】ち・
いと・阿しきもの越と・の多まへと・にく可
羅す・多ゝ・すこし・かきならして・三那・

」29ウ

[52] 光源氏の姿に法師と童べは感涙し、尼君たちや僧都は彼を絶賛する【一六九/93:052317】

堂ち・多まひぬ・あ可す・くち越しくて・

△(削)*いふ可いなき・本うし八ら・わら八へ那とも・

み那・な三多・おとし个う・満して・こゝを

ひ多る・あ三【君】多ちなと・三多・さら尓・可ゝる・

【人】の・【御】阿りさま越なん・三さりつる・この【世】

の・も能とも・【見】え・【給】八す那と・きこえ可へう・

【僧都】・あ八れ・な尓の・ちき旦にて・可ゝる・【御】

あ里さまな可ら・【日】のもと能・するゐのよ尓・

うまれ【給】らん・【見】る尓・いとなん・可那しき

[53] 幼心に光源氏に思いを寄せる紫の上は、人形に源氏の君と名付ける【一六九/94:052359】

とて・免・をしのこひ・【給】・この・王可【君】も・

」30オ

おさ那き【心】ち尓・いと・免て多き・【人】可那と・
【見】・【給】て・【宮】の・【御】さまにも・満さ里多り遣
里と・の【給】を・さらは・可の・【御】こ尓・な里て・を八
しま勢よと・きこゆれ盤・うなつきて・
さても・阿里なんと・おほし堂り・その・ゝち
は・え・可き・ひな・つくり・【給】尓も・【源氏】の【君】
と・つくりいてゝ・きよらなる・きぬを・き勢・

[54] 帰京した光源氏は、宮中へあいさつに伺って父桐壺の帝と対面する【一六九/95:05239】

免て堂き・もの尓・可しつき・【給】・【君】八・まつ・
うち尓・まい里・【給】て・悲ころの・【事】なと・そ
うし・【給】・いと・い多う・おとろへに个りとて・

」30ウ

ゆ〻しと・おも本し多り・ひし里の・堂う
と可りし・【事】なと・く八しく・そうし・【給】へ八・
阿さ旦那と尓も・なるへ可り遣る・もの尓
こそ・阿なれ・おこなひの・こうは・つもりて・
おほや个尓・しろし免されさりける・【事】と・
[三] 宮中を出た光源氏は、正妻葵の上の実家である左大臣邸へと向かう【一六九/97:052433】
堂うと可り・の多ま八勢个り・【大殿】も・万いり
あひ・【給】て・【御】む可へ尓・満いるへ可り遣
累越・い多う・しの者勢・【給】个れ八・い可〻と・
八〻可り・【思】・【給】へてなん【一二日】も・のとや
可尓・や春ま勢・【給】へ・【御】をくり・つ可う満

」31オ

徒らんと・【申】・【給】・さしも・いそ可れ・【給】八ぬ・

【御心】の・うちなれとも・ひ可されて・ま可て・

【給】ぬ・【我】・【御】くるま尓・や可ての勢・多て満

つりて・*【給】(削)【身】*て(削)つ可ら八・すこし・ひきい里て・

さ布らひ【給】・可しつき・ゝ古え・【給】・さまの・

あ八れなる尓・さ春可尓・【心】くるしう・を

[56] 光源氏は久しぶりに葵の上と対面するものの、二人の心は通わない【一七〇/99:052482】

も本され个り・【殿】にも・を八しますらんと・

【心】つ可ひ・して・ひさしう・【見】・【給】ぬ・本とゝ・

いとゝ・堂まの・やう尓・み可き・しつらひて・

【女君】八・ゝひ可くれて・れいの・と三にも・いて・

」31ウ

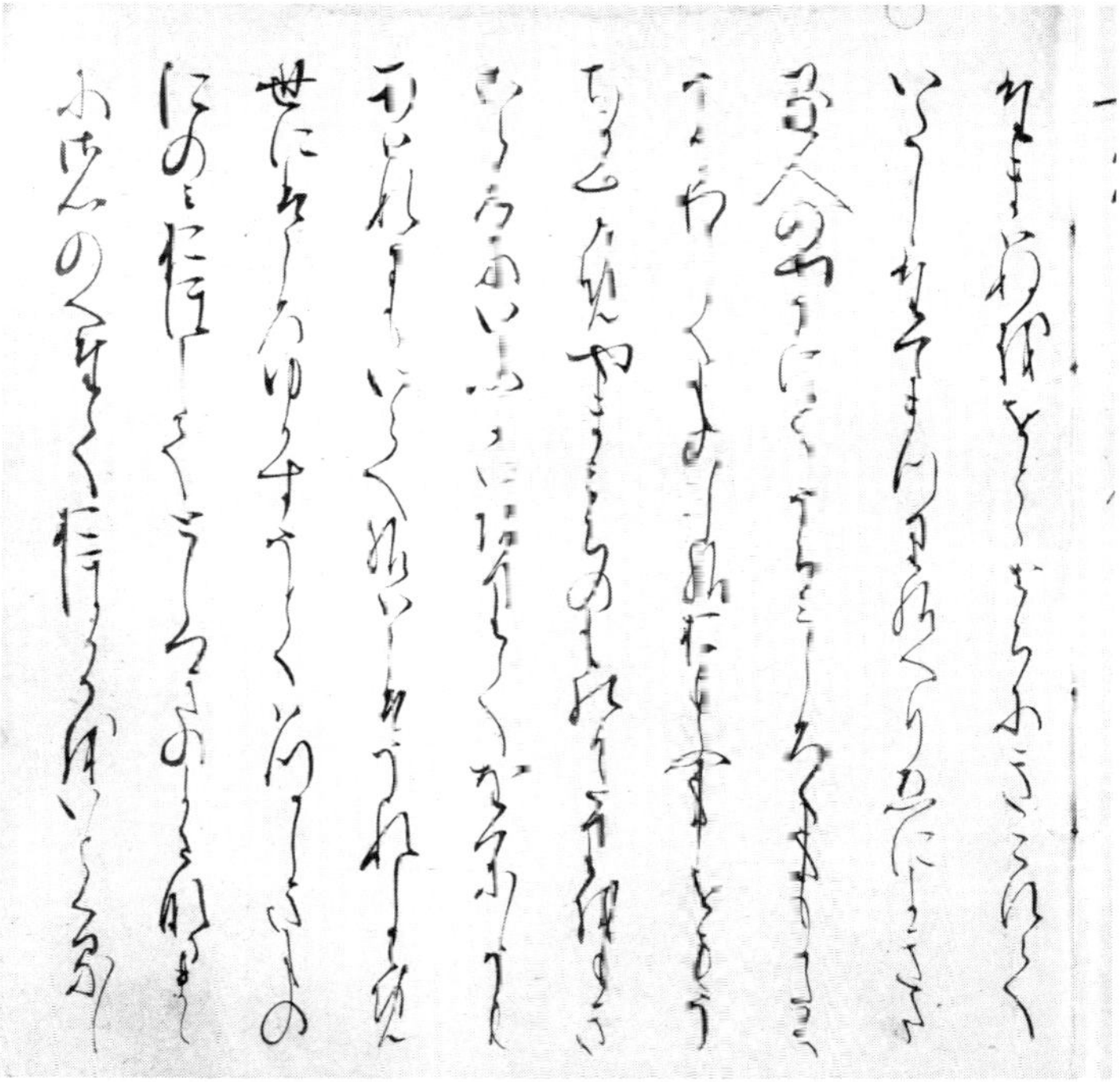

堂ま八ぬ越・をとゝ・せち尓・きこ江て・
い多し・堂てまつ里・【給】へり・ゐに・可き多
累・【人】の・やうにて・うち三しろく・【事】も・可多く・
うるわしく・ものし・【給】・おもふ・【事】をも・う
ち可す免・やま三ちの・も能可多里越も・き
古えん尓・いふ・可い・阿里て・を閑しうも・
あ八れ尓も・いらへ・【給】八ゝこそ・うれし可ら免・
【世】に盤・こゝろ・ゆ可す・うとく・八つ可しき・もの
にの三・おほして・としつきの・可さ那る・まゝ
尓・【御心】の・へ堂て・おほ可る越・いと・く累し

」32オ

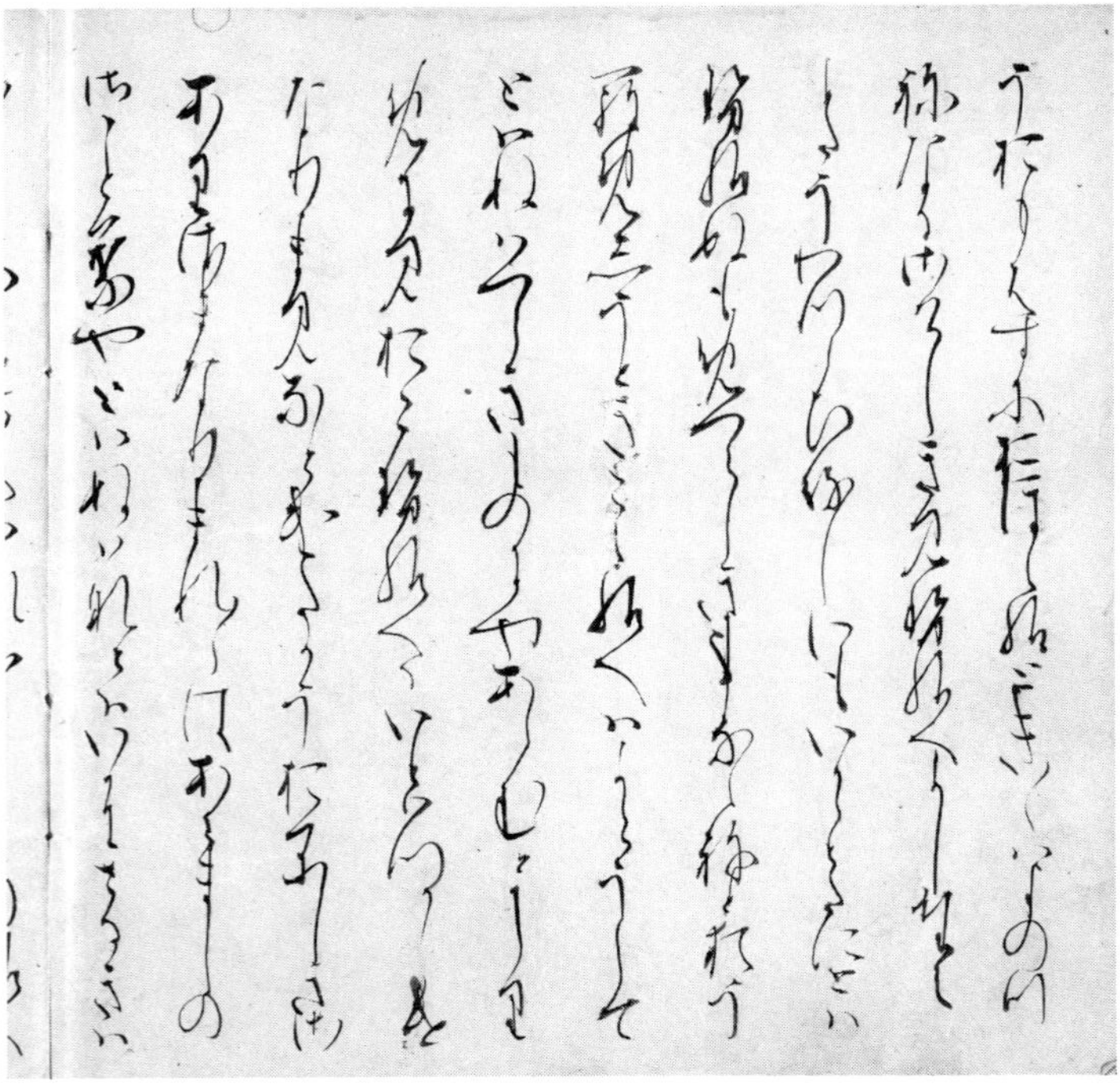

う・おも者す尓・おほえ・【給】・ときく八・よの・つ
ねなる・【御】个しき・【見】勢・【給】へ可し・堂え
可多う・わつらひ・【侍】しにも・い可ゝと多に・と八
勢・【給】ぬも・免つらしき・【事】ならねと・【猶】・う
[57] 古い歌を引用して恨み言を述べる葵の上を光源氏は避けようとする のたま(削) 【一七〇/102:052574】
羅免志うと・きこえ・【給】へ八・可らうして・
と八ぬ八・つらき・もの尓や・あらむと・し里
免尓・【見】おこ勢・【給】へる・いと・八つ可し遣
なりま見なと・遣多可う・お閑しき・【御】
あ里佐まなり・まれくは・あさましの・
【御】こと【葉】や・と八ぬ八那と八・い可尓・さる・き八

」32ウ

（付箋跡）八・こと尓こそ・八へなれ・【心】うくも・の【給】へ
なす可那・よと・ゝも尓・八し多なき・【御】もて
たし越・すこし・よろしう*・おほしなる・
を里やと・こゝろ三・【侍】×糸（漏イ）れと・いとゝ・おほし
うとむな免り可し・よゝや・いのち多に
とてよるの・を満し尓・い里・【給】ぬ・【女君】・
と見にも・い里・【給】八す・きこ江王つらひ【給
て・うちな遣きてゝふし・【給】へり・なま【心】
つきなき尓や・阿らん・ねふ多け尓・もて
なして・と可く・よ越・おほしみ多れたり*り（削）・

」33オ

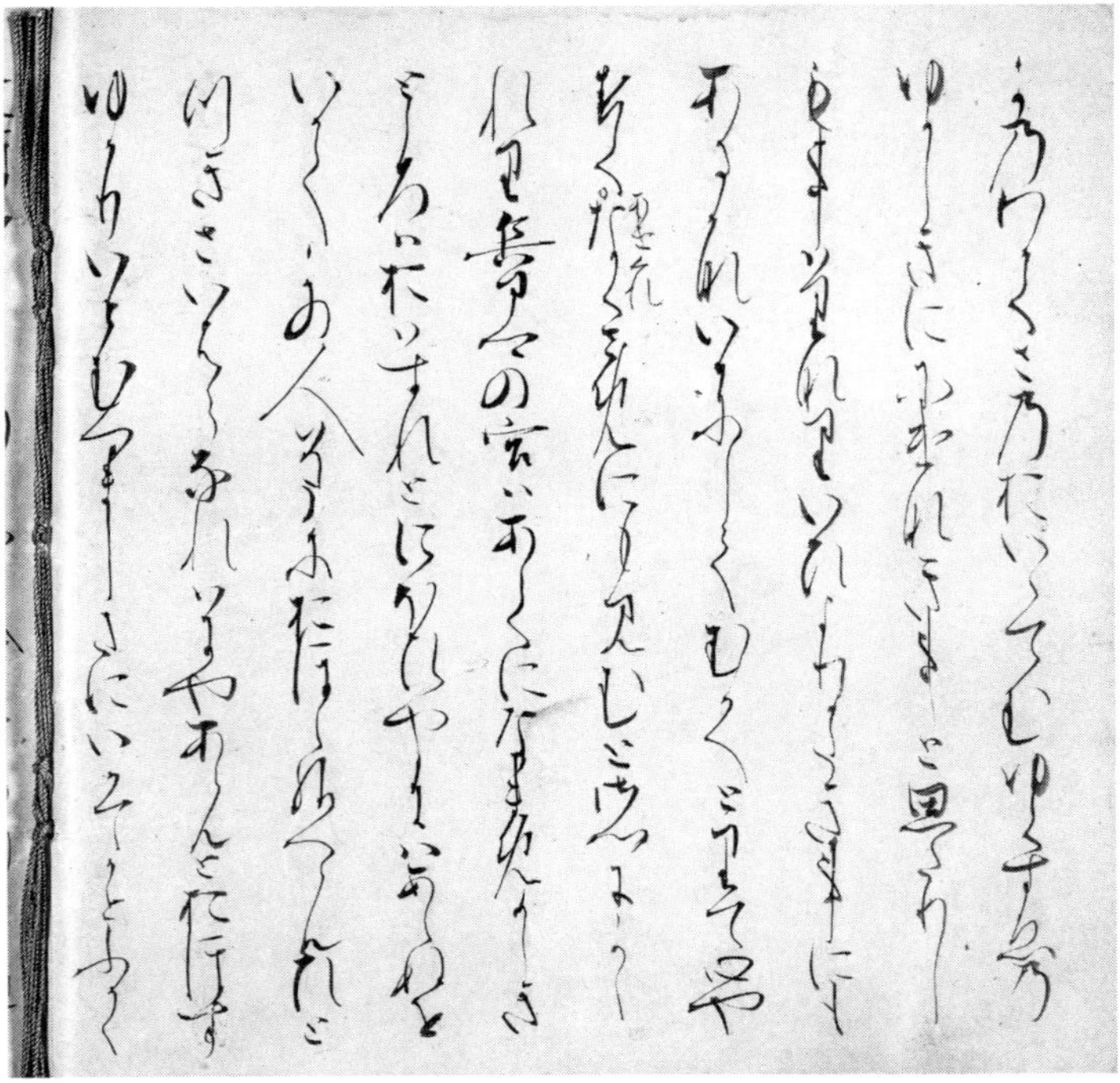

［58］光源氏は葵の上への不満と反対に紫の上への思いが強くなっていく【一七／104:052635】

可の・わ可くさの・おいゝてむ・ゆくするの・
ゆ可しきに・尓遣那き・【事】と・【思】多りし
も・【事】八里那里・いひより*（り(削)）可多き・【事】にも・
ある可那・い可尓・して・む可へと里て・【心】や
春く・。・なく（あ遣くれ）さ免にも・【見】むと・【御心】尓・可ゝ
れ里・【兵部卿】の【宮】八・あてに・なま免可しき・
ところ八・お八すれと・に本ひや可尓八・あらぬを・
い（付箋跡）可て・可の・【人】そう*（ら(削)）尓・おほえ・【給】へらん・ひと
つ・きさい者らなれ八尓や・あらんと・おほす*（ゆ）・
ゆ可り・いと・むつましきに・い可て可と・ふ可く・」33ウ

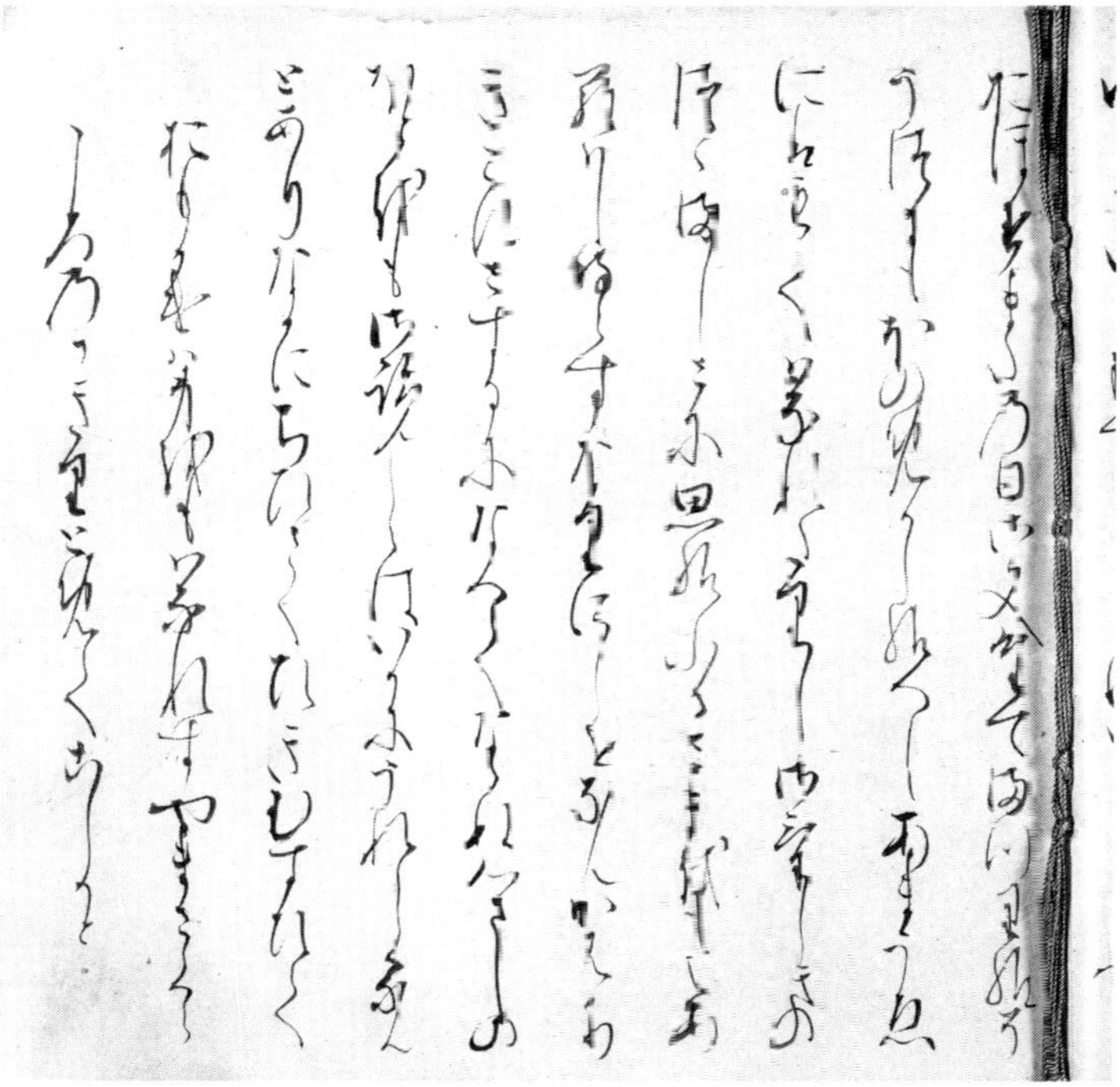

［59］帰京した翌日、光源氏は僧都や尼君などがいる北山へ消息をおくる
【一七一/106：052682】

おほ春・ま多の・【日】・【御文】・堂て満つ里・【給】・そ
う徒尓も・本の免可し・【給】へし・あまうゑ
に盤・もて八なれ多里し・【御】気しきの
徒ゝ満しさ尓・思・【給】ふ*へる・さま越も・え・あ
羅八し・【侍】らす・な里にしをなん・か者可り・
きこ江さする尓・なへてならぬ・【心】さしの・
本と越も・【御覧】しゝらは・い可尓・うれしくなん
と・あり・な可に・ちひさく・ひきむすひて・
おも可遣八・【身】越も・八なれす*ぬ(削)・やまさくら・
こゝろの・可き里・と免て・古し可と・

」34オ

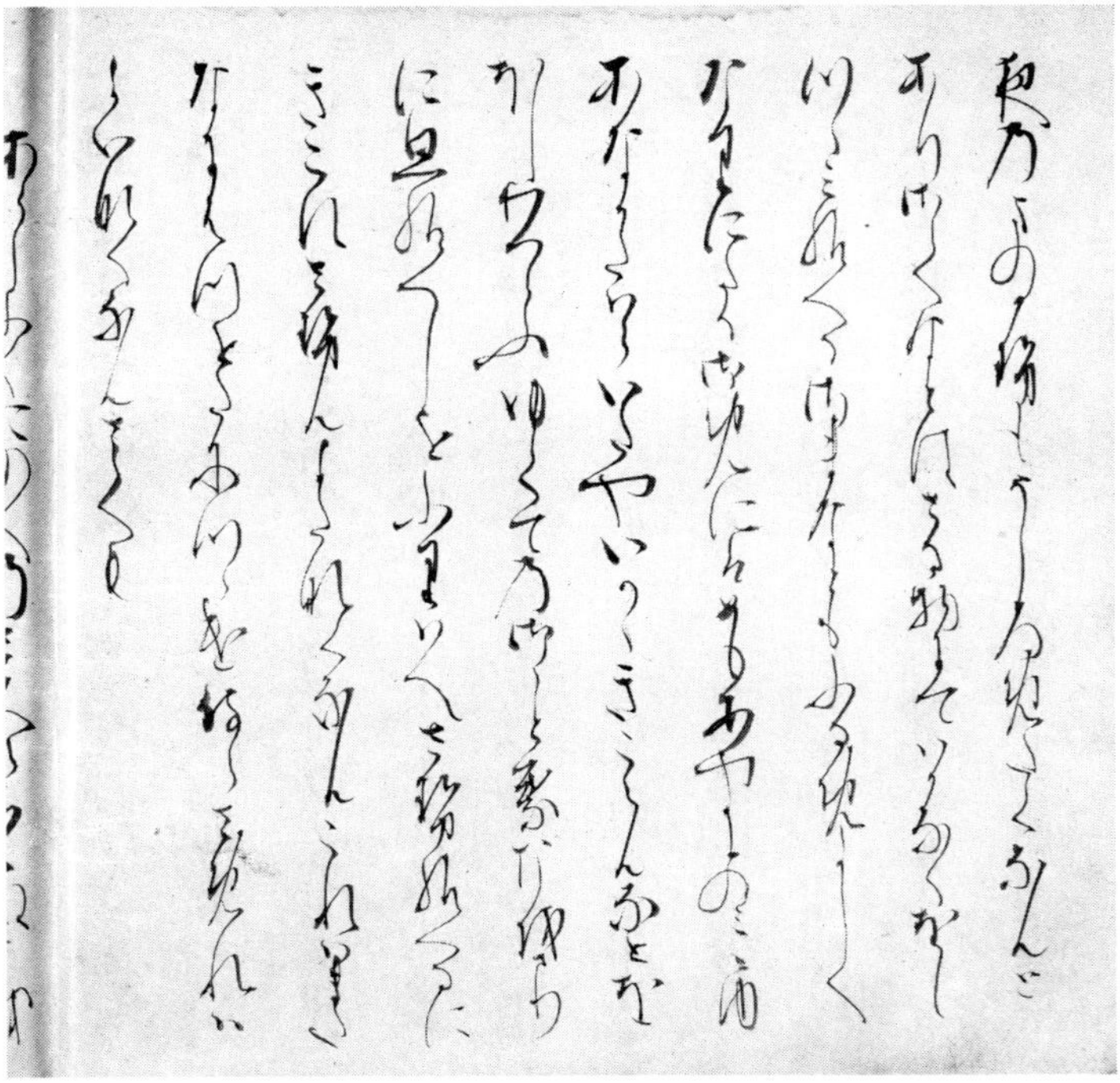

【夜】の・万の・可勢も・うしろ免多くなんと・
あり・【御】てなとは・さる・【物】尓て・八可なく・をし
つゝ三・【給】へる・佐まなとも・ふる免可しく
な里に多る・【御】免に盤・めも・あや尓の三*△(削)・ゝ*△(削)ゆ・
あな・可多八らい多や・い可ゝ・きこえんなと・を
本しわつらふ・ゆくての・【御】こと【葉】・な越さり
に・【思】・【給】へしを・ふ里八へさ勢・【給】へるに・
きこ江さ勢ん・可多・那くなん・これ八・ま多・
な尓者つを多尓・つゝ遣・【侍】らさ免れ八・
可い那くなん・さても・

」34ウ

あらし・ふく・おのへの・さくら・ちらぬ・ま越・
こゝろ・と免ゝる・本との・八可那さ・
［60］僧都からの返事を残念に思った光源氏は、惟光を使者として遣わす【一七二（109・05277）】
いとゝ・うしろ免多くも・阿り・【僧都】の・【御】
可へり【事】も・おなし・さま那れ八・くち越
しくて・【二三日】・あ里て・これ三つをそ・つ閑
八す・【少納言】の免のとゝ・いふ・【人】・あるへし
それ尓・堂つね・あひて・あ里さ満・よく・可多
羅へなと・いひしら勢・【給】・さ満も・可ゝ羅ぬ・
くまなき・【御心】可那・さは可り・い者遣那可
里し・个者い越と・ま越ならさ里し可と・

」35オ

[61] 惟光は少納言の乳母に面会するものの、周囲の人々から警戒される 【一七/111：052806】

本のきゝし可八・本越ゑまる・わさと・【御使】・
ある越・かしこに盤・【僧都】も・かしこまり・きこ
え・多まふ・【少納言】尓・せうそこ・して・あひ多
里・お本し・の多まふ・さま・く八しく・可多る・こと
【葉】・ある・【人】にて・おほ可多の・【御】阿里さまな*△(削)
とも・つきくしう・いひつゝ个ゝれと・いと・いと・王
里なき・【御】本と越・い可尓・お本すに可と・堂
れも・おほし个る・【御】ふ三・いと・ねんころ尓・き
古え・【給】て・堂ゝ・その・八那ち可きなん・
【見】・【給】へま本しきとて・れいの・な可なるに・八
」35ウ

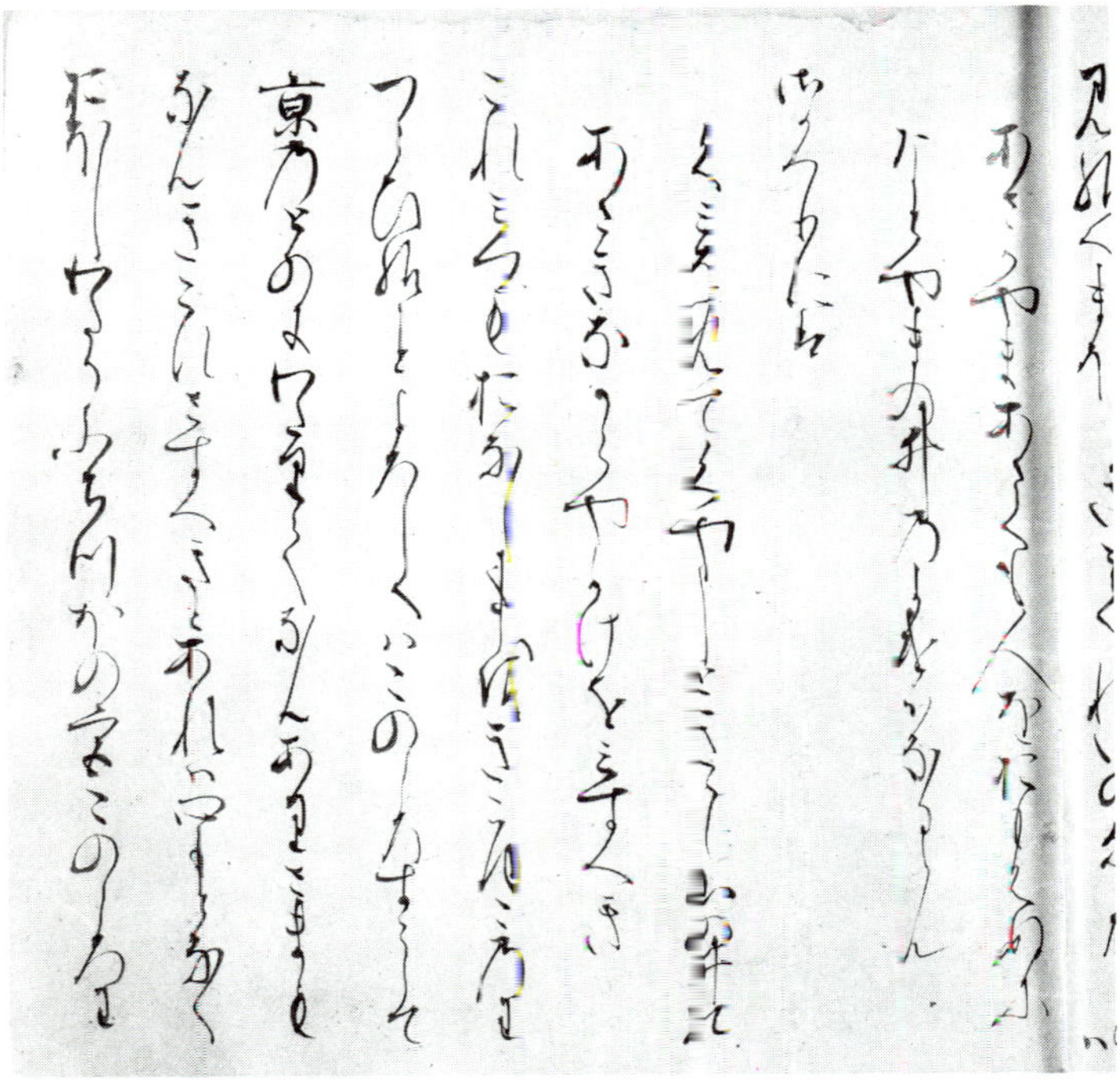

あさ可やま・あさくも・【人】を・おも者ぬ尓・
なこ・やまの【井】の 可遣人たるらん・
【御】可へりに盤・
く三[illegible]【山】の【井】能
あさきな可らや・可けを・三すへき・
これ三つも・おなし【事】越・きこゆ・この・王
つらひ・【給】・こと・よろしく八・このころ・すこして・
【京】の・との尓・わ多里てなん・あ里さまも
なん・きこ江さすへきと・あれ八・【心】もとなく・
[62] 光源氏は王命婦の手引きで、病気で里邸に退出中の藤壺と密通する【一七三/113:052889】
お本しわ多る・ふちつ本の【宮】・この・ころ・王

」36オ

つらひ・【給】・こと・あ里て・満可て・【給】へり・ぅへの・
おほつ可な可り・な个可勢・【給】を・【見】・多て
満つり・【給】も・いと越しな可ら・可ゝる・お里
堂にと・【心】も・あく可れ【給】て・いつくにもく・満
うて・【給】八す・ぅちにても・佐と尓ても・ひる八・
徒くくと・な可免くらし・くるれ八・わう見
やう【婦】を・せ免あ里き・【給】・い可ゝ堂八可り遣
む・いと・わ里那き・さ満尓て・【見】・多てまつ里・
【給】・【宮】は・あさ満し可りし・【事】越・お本し
いつる多尓・よと・ゝもの・【御】もの【思】なる尓・さて

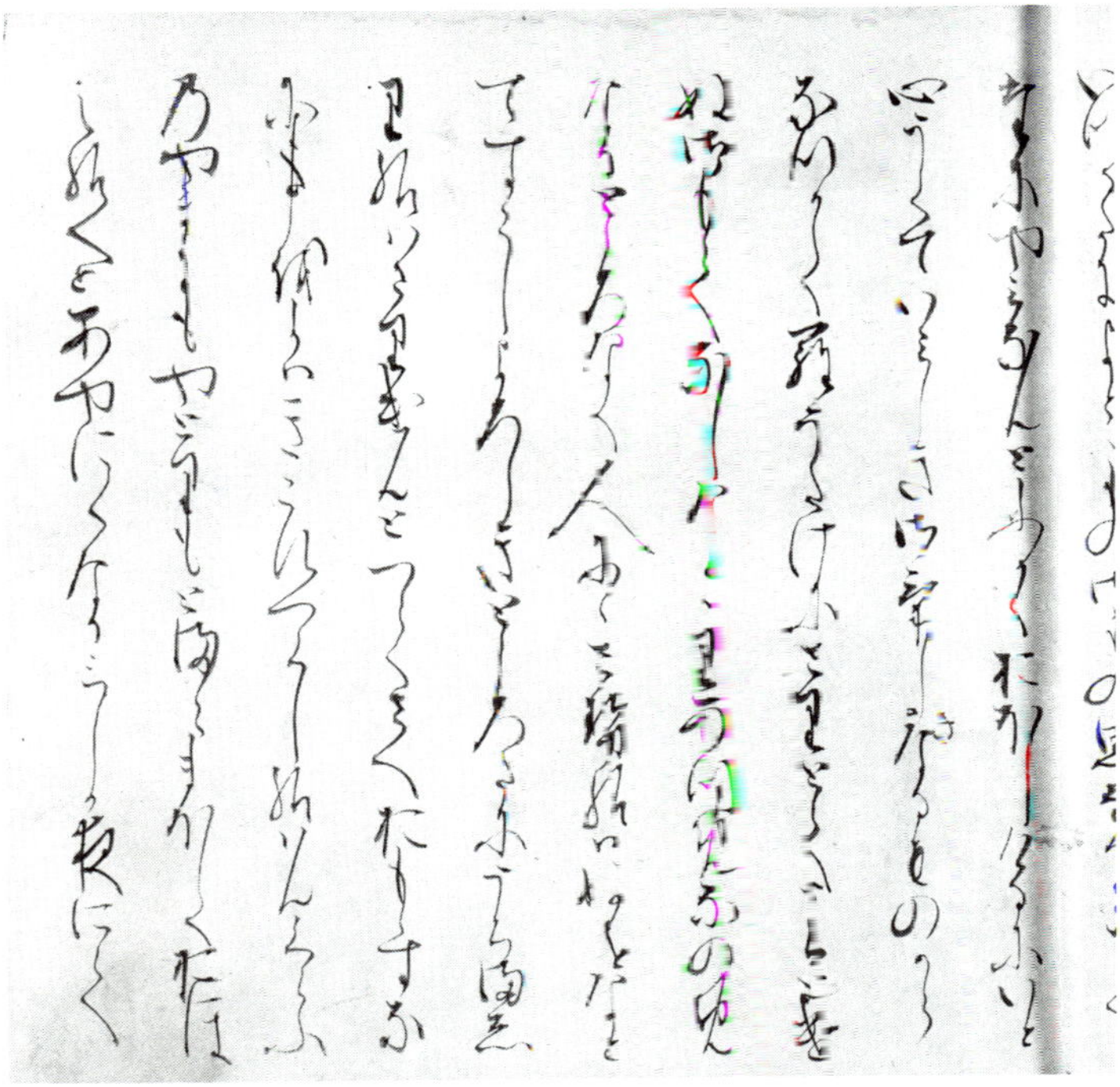

堂尓・や三なんと・ふ可く・お本し个る尓・いと・
【心】うくて・い三しき・【御】気し。(き)なるもの可ら
なつ可しく・羅う多け尓ここ里とて・うちと(△削)遣
ぬ・【御】もてなしなと・ゝ旦あつ免・なの免
なる・ところ・なく・【人】尓・ゝさ勢・【給】八ぬを・なと
て・すこし・よろしき・ところ多尓・うち満志
里・【給】八さ里遣んと・つらくさへ・おもゝ(ママ)す・な
尓【事】越可八・きこ江つくし・【給】八ん・くらふ
の・やま尓も・やと里も・と満ら(ママ)ま本しく・おほ
え・【給】へと・あやにくなる・三し可【夜】にて・」37オ

あさ満しう・な可く(墨ヨゴレ)那里・
【見】ても・ま多・あふ(墨ヨゴレ)・【夜】・満れなる・ゆ免の・うちに・
や可て・まきるゝ・【我】・【身】とも可那
と・むせ可へり・【給】・さまも・佐す可・い三し个れ八・
【世】可多里に・【人】や・つ多えん・堂くひなく・
うき・【身】越・さ免ぬ・ゆ免尓・なしても・
おほし三多里多る・さ満も・【事】八里に・可多
し遣なし【命婦】の【君】・【御】な越し・【御】そ・

[63] 光源氏は邸に帰った後、藤壺と密通したことを思い悩んで泣き臥す　【一七四/118:053016】

可きあつ免・もてき多り・との尓・お八して・
や可て・なきねに・ふしくらし・【給】・【御文】な

」37ウ

ところ・れいの・【御覧】しハれぬ・さま尓の三・阿
れ盤・免つらし可らぬ・【事】なれと・つらく・い三
しう・お本しをれて・うちにも・満い里・【給】八す・
【三四日】*尓(削)・こもりお八すれ八・うへは・ま多・い可六と・
【御心】越・うこ閑し・お八し満すも・さまゝゝ・

[64] 藤壺の懐妊という密通の結末を、王命婦はあまりに嘆かわしく思う【一七四/119:053047】

おそろしく・おほえ・【給】・【宮】も・【猶】・いと・うき・
【身】なり个りと・おほしな个く尓・いとゝ・
【御心】ちも・なや満し(さ)・まさ里・【給】て*て(削)・とく・満
い里・【給】へと・【御使】八・しきれと・おも本し
も・可遣す・満こと尓・いと・く累しく・れい

」38オ

の・やうにも・おほされぬ八・い可なるに可と・
【人】しれす・おほす・【事】も・あ里て・い可尓・
せむと・【心】うく・おほし三多るゝ・【事】・満さ里
ぬ・あつき・【程】盤・いとゝ・をきも・あ可り・【給】八す・
三つき八可り尓・なれ盤・しるく・【見】・多てまつ
里・しる・【事】とも・あ里て・【人】八・【思】も・よらぬ・
【事】なれ盤・い満ゝて・そう勢。（させ）【給】八さりけ累・
ことゝ・き古ゆる尓・あさ満し可里ける・【御身】
の・すく勢の・【程】・い可ゝ・お本し志らさらん・
【御】ゆなとの・本と尓も・したしう・つ可うま

」38ウ

つ里て・な尓【事】の・【御気】しきも・し
累く・【見】・多て満つれる・【御】免のと・【命婦】
なと八可りそ・あやしく・【言】三く・【事】あれと・
可多三尓・いひあ八すへき【事】尓も・あらね盤・
【猶】・の可れ可多可り気る・【御】すく勢を・あ八れ
尓も・おもふ・こゝちに盤・【御】ものゝ【気】能・満きれ
に・と見尓・【御気】しきも・しられさり个る・やう
尓そ・ゝうし遣ん可し・【人】も・さの三・【思】へり・いと・
あ八れ尓・可き里那くの三・おほされて・【御使】
なとの・ひまなきに・つ希ても・そら越そろ

」39オ

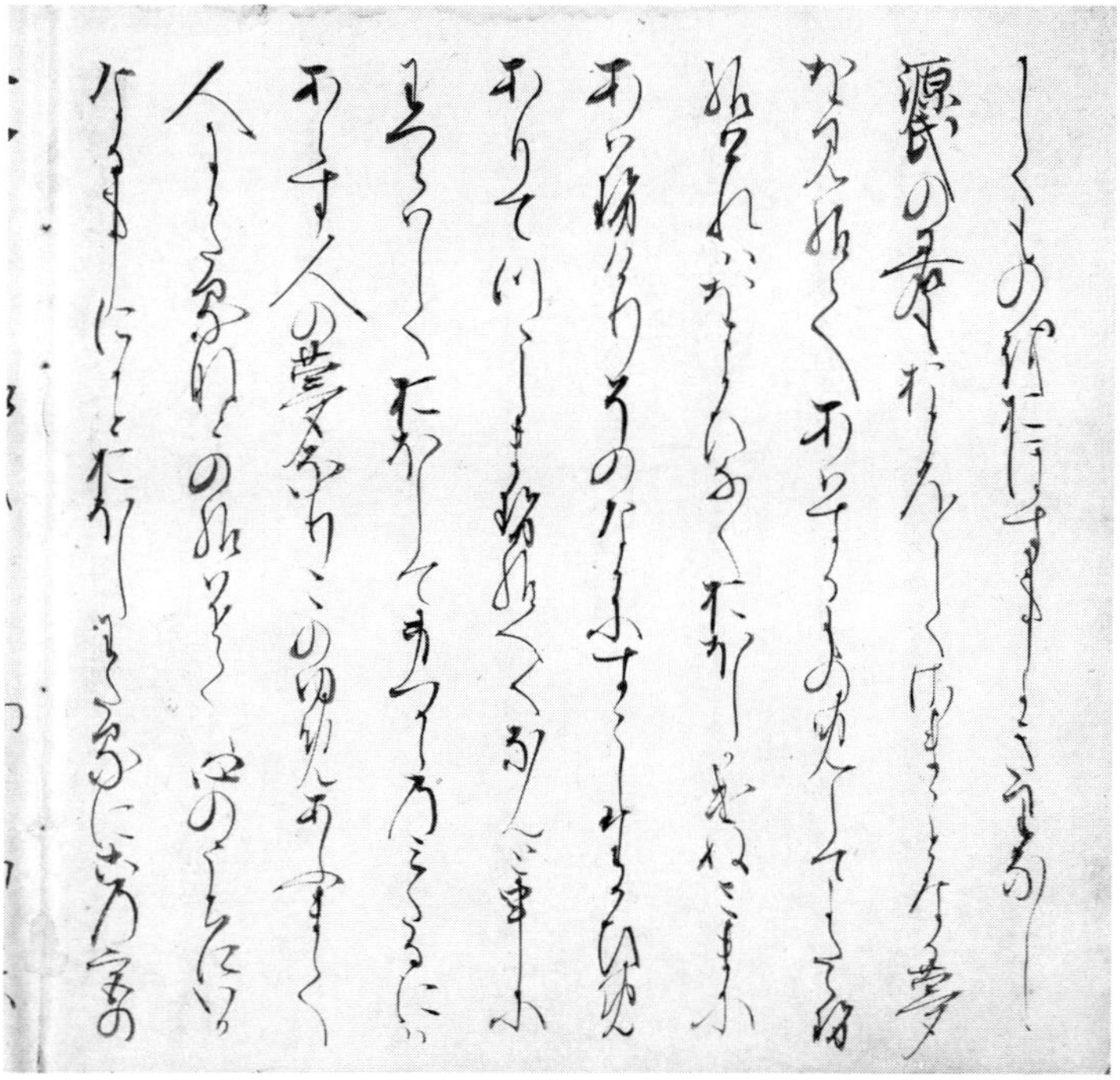

しく・もの越・おほす・【事】・可き里なし・

[65] ただ事ではない異様な夢を見た光源氏はわが身に起こる運命を知る　【一七五/123：053160】

【源氏】の【君】も・おとろ〱しく・佐ま・ことなる・【夢】
を・【見】・【給】て・あ八する・もの・免して・可多ら勢・
【給】个れ八・をよひなく・お本し・可遣ぬ・さま尓・
あ八勢个り・その・な可尓・すこし・堂可ひ免・
ありて・つゝしま勢・【給】へくなんと・【申】尓・
王つら八しく・お本して・【身】つ可らの・三多るに八・
あらす・【人】の・【夢】なり・この・ゆ免・あふまて・
【人】尓・可多累那と・の【給】八せて・【心】の・うちに・い可
なる・【事】に可と・お本し王多累に・古の・【宮】の・

」39ウ

【御心】ち・きゝ・【給】て・もし・さる・やうもやゝと　お本
しあ八勢・【給】も・いとゝしくて・い三しき・【事】
こら越・きこ江てゝし・【給】へと・【命婦】も・【思】尓・
いと・つゝ満しさ・まさ里て・さら尓・堂八可る
辺き・可多なし・悲とく堂里の・【御返】も・

[66] 七月になり、宮中に帰参した藤壺へ桐壺の帝の寵愛はいっそう増す　【一七八/125:053233】

堂え八てに多り・【七月】に・な里てそ・まいり・
【給】个る・免つらしく・あ八れ尓・いとゝしき・
【御心】さしの・本と・可き里なし・すこし・ふく
羅可尓・な里・【給】て・おもや勢・【給】へ累・【御
ありさ満八・个尓・ゝ累・もの・なく・免て多し・

」40オ

れいの・あ遣くれ・古那多尓・お八しまして・
【御】あそひも・やうく・を可しき・【程】尓・なれ盤・
【源氏】の【君】も・【御】いと満・なく・免しまつ八さ△(削)*
勢・【給】て・【御】こと・ふゑ・佐まく尓・つ可うまつら
せ・【給】・い三しう・つゝ見・【給】へと・しのひ可多き・
【気】しきの・をりく・も里いつる越・【宮】も・【人】
し連△(削)*(付箋跡)す・さ春可なる・【事】おほう・お本し
[67] 光源氏は六条京極から帰る途中に、帰京して療養中の尼君を見舞う【一七六/127:053288】
つゝ遣ゝり・可の・【山】さと【人】盤・よろしう・な
里て・いて・【給】尓个り【京】の【御】す三可も堂
徒ねて・つね尓・【御】せうそこ那と・あり・おな

」40ウ

し・佐ま尔の三・あるも・【言】八圭那る・な可尔・
古の・【月】ころ八・あ里し尔・まさる・【御】ものおもひ尔・
こと【事】・おほされて・すきゆく・【秋】の・すゑつ
可多は・いとゝ・もの【心】本そくて・おきふし・なき・
【給】・【月】の・を可しき・【夜】・しのひたる・【所】尔・からう
して・お本し堂ちたる・みちに・しくれ多ちて・
うちそゝく・お八する・ところ八・【京】古くわ多里な
累尔・うちよりなれ八・すこし・【程】・と越き・【心】ち・
する尔・い堂う・阿れ多る・【所】の・古多ち・ものふ里
て・古くらく・み王多され堂る・阿り・れいの・【御身】・

」41オ

八なれぬ・これ三つ・【御】とも尓て・これなん・こ
あせちの【大納言】の・【御】いへ尓なん・【侍】る・悲とひ・
ものゝ・堂より尓・【少納言】・とふらひ・【侍】し可八(墨ヨゴレ)・
可の・あまうへ・い多う・よ八里・【給】へれ八・な尓
【事】も・おほえすとなん・【申】し・【侍】しと・きこゆ
れ八・あ八れの・【事】や・とふら婦へ可り个るもの越・
なと可・さなんとも・い者さりし・い里て・せう
そこ勢よと・の【給】へ八・万つ・【人】・いれて・い八す・
わさと・可く・堂ちより・【給】へる・【事】と・い者勢
堂れ八・い里て・可く・【御】とふらひ尓なん・お八し

」41ウ

ましたると・いへは・おとろきて・いと・可多八ら
い堂き・【事】可な・この・悲ころ・む个尔・堂のも
し【叓】非ゝ・たら奏・【給】へれ八・【御】多いめん・え・
あるまし个れと・可へら勢・【給】八んも・可し
古新とて・みな三の・ひさし・日きつくろひて・
[68] 病床の尼君は、紫の上が成長した暁には光源氏に託すことを決める【一七七/132:053416】
いれ・多てまつる・いと・むつ可し个尔・【侍】れと・
かしこ満り越堂にとて・ゆく里も・那く・もの
ふ可き・【御】ましところ尔なんと・きこゆ・个尔・
可ゝる・【所】八・れい尔・堂可ひて・おほさる・徒ね
尔・【思】【給】へ堂ちな可ら・可いなき・佐ま尔・もて
」42オ

なさ勢・多まふ尓・つゝましくてなん・なや満
勢・【給】・こと・をもくと・う遣【給】八らさ里个る・お
ほつ可なさ那と・きこえ・【給】・み多里【心】ち八・いつ
とも・八へらさ里つる越可く・可き里の・さ満
尓・な里・【侍】て・いとも・可多し遣なく・堂ちよ
羅せ・【給】へる越・【身】つ可ら・きこえさ勢・【侍】らぬ・
【事】・の堂ま八する・【事】の・すちは・もし・堂ま
佐可にも・お本し可者らぬ・やう・【侍】ら八・可う・
わ里那き・【程】の・よ八ひ・すき・【侍】なんに・可なら
す・可春まへさ勢・【給】へ・い三しく・【心】本そ遣
」42ウ

なる・佐ま尓て・三越き・【侍】るなん・ね可ひ・
【侍】・みちにも・いとゝ・さ満多けとや**（へや(副)）・な里・【侍】らん
［69］光源氏は紫の上の無邪気な声を聞き清純な彼女にいっそうひかれる 【[illegible]】
なと・きこえ・【給】・ち可介え八 いきの・したな
累・【御】こゑも・【御】くるしう・本の可尓・堂えく・き
こ江て・いと・可多し遣那き・【御】あ里さ満尓
も・【侍】可那・この・【君】多尓・かしこ満り越・きこえ・
堂まひつへき・【程】なら満し可八と・の多まふ・
あ八れ尓・きゝ・【給】て・な尓可・あさく・【思】・【給】へん・
【事】の・ゆへ・可く・すきくしき・佐ま八・【見】え・
堂てまつらん・い可なる・ちき里に可・【見】・多て

」43オ

満つ里・そ免しより・あ八れ尓・【思】・きこ盈
さするも・あやしき満て・この【世】の三能・【事】
と八・おもひ・【給】へ・【侍】らぬをなんと・きこ江・【給】
て・可く・可い那き・【心】ちの三・し・【侍】を・可の・い者遣
な可らん・【御】こゑ越・い可てと・の多まふ・いてや・よ
ろつをも・お本し志らぬ・さまにて・お本との
古も里多るなと・きこゆる・【程】尓しも・あ那多よ
里・く累・をと・して・うへこそ・この・てら尓・お八
勢し・【源氏】の【君】こそ・お八すなれ・など・【見】・【給】
者ぬと・いと・うつくしき・こゑにて・の多まふを・

」43ウ

いと可多王*△(削)らい堂しと・【人】〳〵・【思】て・あ那・可ま
なと・きこゆるなるへし・いさ・【見】し可は・【心】ち
の・あしさも・なくさむと*△(削)・の多まひし可八そ
可しと・かしこき・【事】・きゝ堂りと・おほして・
の【給】を・いと・お可しと・おほ勢と・この・【人】〳〵の・くる
しと・【思】多れ八・き可ぬ・やう尓て・満免や可なる・
【御】とふらひとも・きこえ越きて・いて・【給】・个尓・いふ
可いなの・おさ那さや・さ里とも・いと・よく・おし

[70] 翌日、光源氏は尼君への見舞いとともに紫の上へも結び文をおくる【一七九/139:053620】

辺なしてんと・おほす・あしたにも・いと・古
満や可尓・きこ江・【給】・れいの・ちいさくて・

」44オ

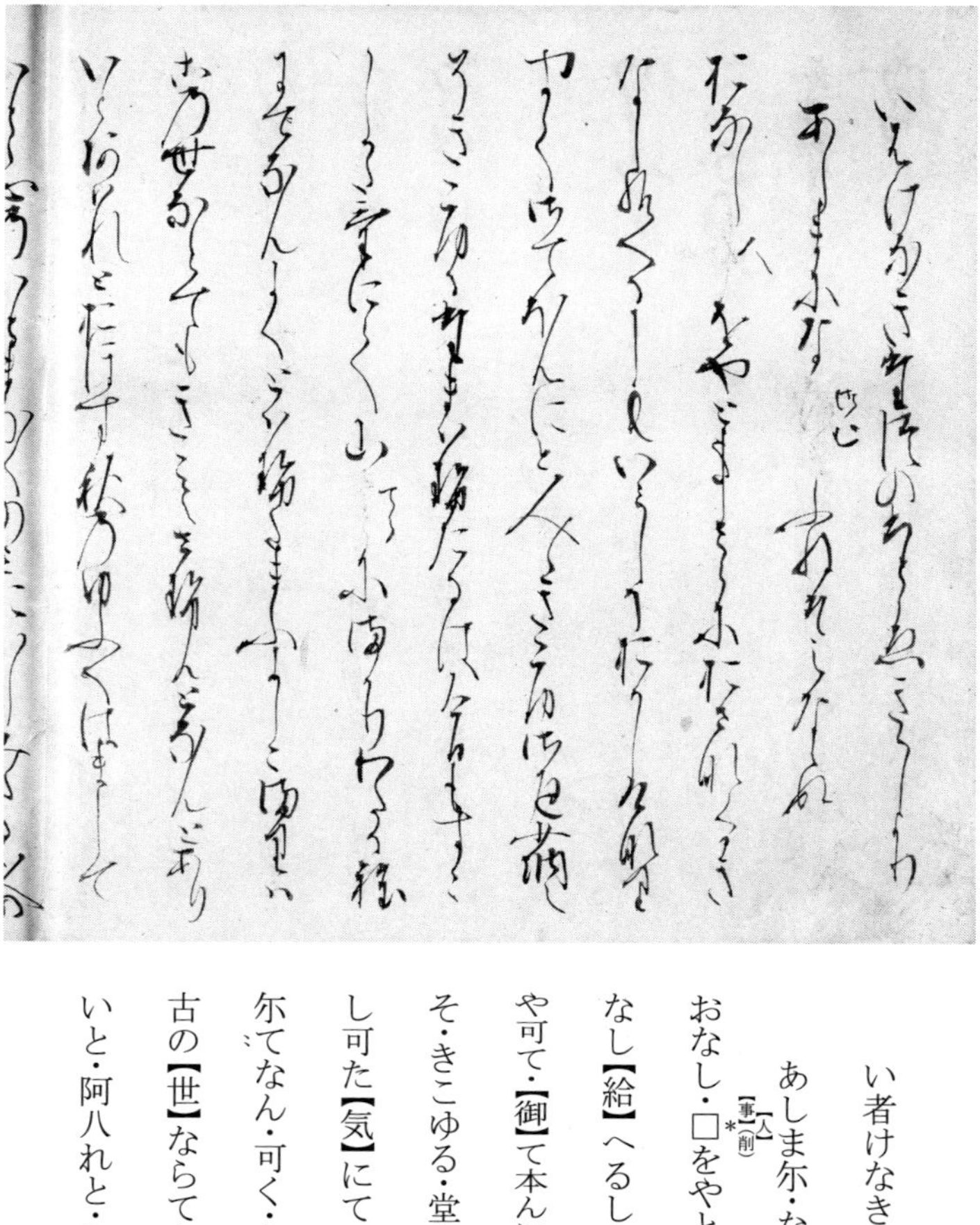

い者けなき・堂徒の・悲ところゝ・きゝしより・
あしま尓・な□*□*（徒む／ひく(削)）・ふねそ・え・ならぬ・
おなし・□*（【人】【事】(削)）をやと・【事】さら尓・おさ那く・可き・
なし【給】へるしも・い三しう・お可し个那里・
や可て・【御】て本んにと・【人】〱・きこゆ・【御返】・【少納言】
そ・きこゆる・堂ま八勢たるは・【今日】も・すこ
し可た【気】にて・【山】□*□*（てら／さと(削)）尓・満可りわ多る・【程】
尓てなん・可く・と八勢・多まふ・可しこ満里八・
古の【世】ならても・きこえさ勢んとなんと・あり・
いと・阿八れと・おほす・【秋】の・ゆふへは・まして・

」44ウ

いとゝ・【心】の・いとま・なくの三*・お本しみ多るゝ・【人】の・
【御】あ多里に・【心】を・可遣・きこ江て・かう・阿な可ち
なる・ゆ可りも・堂徒ねま本しき・【心】の・まさ旦・
堂まふなるへし・きえん・そら・なきと・あり
し・ゆふへ・お本しいてられて・ま多・【見】は・お登
里や・勢んと・さす可に・あやしう・
て尓・つ三て・いつし可も・【見】む・ゝらさきの・
ねに・可よひ个る・【野辺】の・わ可くさ・
[71] 十月に朱雀院の行幸が予定され、舞人は練習など多忙な日々を送る 【一八〇/143：053711】
【十月】尓・【朱雀院】の・【行幸】・あるへし・まひ【人】(付箋跡)
なと・やむことなき・いゑの・ことも・可む多ちめ・

」45オ

*お(し)

【殿上人】なとも・その・可多に・つきくしき・三那・
えら勢・【給】へ八・みこ多ち・【大臣】より・八し免・堂て
まつ里て・と里くの・さえ越・なら八し・【給】尓・
よの【中】・をもしろく・いと満*(△削)・那き・【心地】・して・
[72] 尼君の死去という知らせが届き光源氏は母更衣との死別を思い出す【一八〇/144:053744】
すこし・まきら八し・【給】・可の・【山】さと尓も・ひ
さしう・をとし・【給】八ね八・おほしいてゝ・【人】・つ可
八し堂れ八・【僧都】の・【御返事】の三そ・ある・堂
ちぬる・【月】の・八つ可の・【程】尓なん・つい尓・むな
しく・【見】なし・【侍】し・【世】个んの・堂う里に・
【侍】れと・可なし*(し削)ひ・【思】・【給】ふるなと・あり・【見】・【給】二・

」45ウ

【世】の【中】の・八可*(な削)なさも・あ八れ尓・うしろ免多
け尓・【思】多里し・【人】も・い可ゝ・おさ那き・【程】尓・
こひや・すらん・みや春ところに・をくれ・多て
まつ里し【程】なんと・者可くし可らね登・
おほしいてゝ・あさ可ら春・とふらひ・多まへり・
【少納言】・遊ゑ・な可ら須・【御】可へり・きこゑ多里・
[3] 夜、光源氏は自分から、忌みの期間が終わった紫の上の邸を訪れる【一八〇/146:053797】
い三那と・春くして・【身】徒可らも・趣八し多里・いと・
春こ【気】尓・あれ多る・ところの・【人】春く那ゝ
る尓・おさ那き・【人】・い可尓・ものおそろし可覧と・
みえ多り・れいの・ところ尓・いれ・多て満つりて・
」46オ

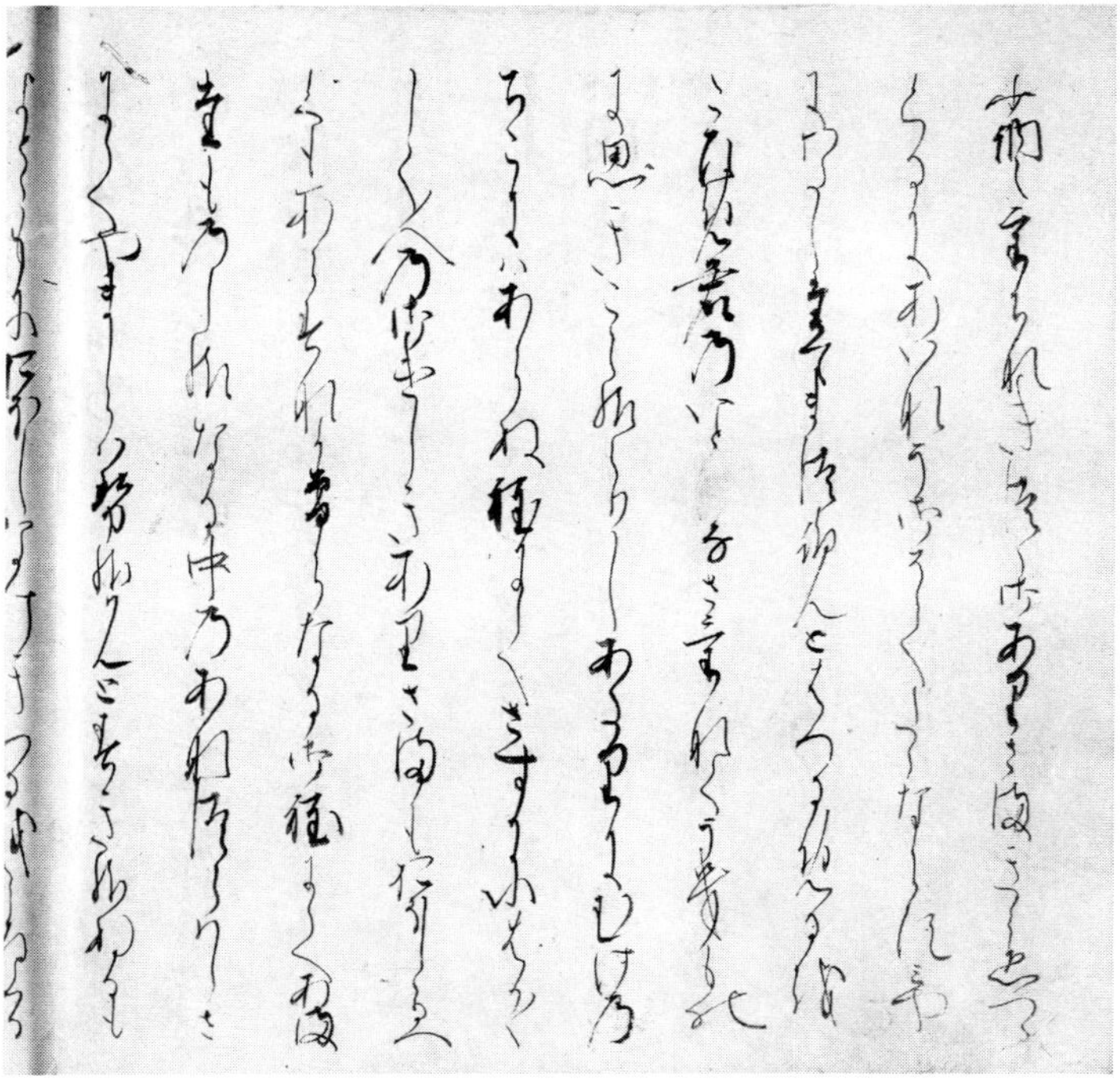

【少納言】・うち那き徒ゝ・【御】あ里さ満・きこゑつゝ
くる尓・あい那う・【御】そて・多ゝなら須・三や
尓・わ多し・堂てま徒覧と・者へる免る越・
こひ免【君】の・いと□*（け削）・なさ気那く・うき・も能
尓・【思】・きこえ・【給】えりし・あ多里尓・むけの・*（尓削）
ちこ尓八・あらぬ・【程】尓て・さす可尓・者可く
しく・【人】の・【御】遣しき・あ里さ満も・お本しゝるへ
くも・あら春・那可そらなる*ら・【御程】尓て・あ満
堂・ものし・【給】なる・【中】の・あ那徒ら八しさ
尓てや・ましら八勢・【給】八んと・春き・【給】ぬるも・
」46ウ

よと・ゝも尓・お本しなけきつる越・こゝろくる
しき・【事】・おほく・八へる尓・可く閑多しけなき・
なけの・【御言】能者越・のち能・ことも・多のも志
く・堂ゝ・いと・うれしき・こと尓・おもふ・【給】えられ
ぬへき・を里尓・八へりな可ら・春こしも・なす
羅ひぬへき・【程】尓・も能せ佐勢・【給】まし可葉・
【御】とし能・【程】よ里も・あやしく・わ可ひて・ならひ・
[74] 光源氏は少納言の乳母に紫の上への気持ちを伝えて歌を詠み交わす【一八】/149:053894】
堂満えれ八・いと・可多者らい多くと・きこゆ・な尓
可・ゝう・く里可へし・きこゑしらする・古ゝ路能・
【程】を・おほしう多可ふらん・そ能・いふ可ひなき・
」47オ

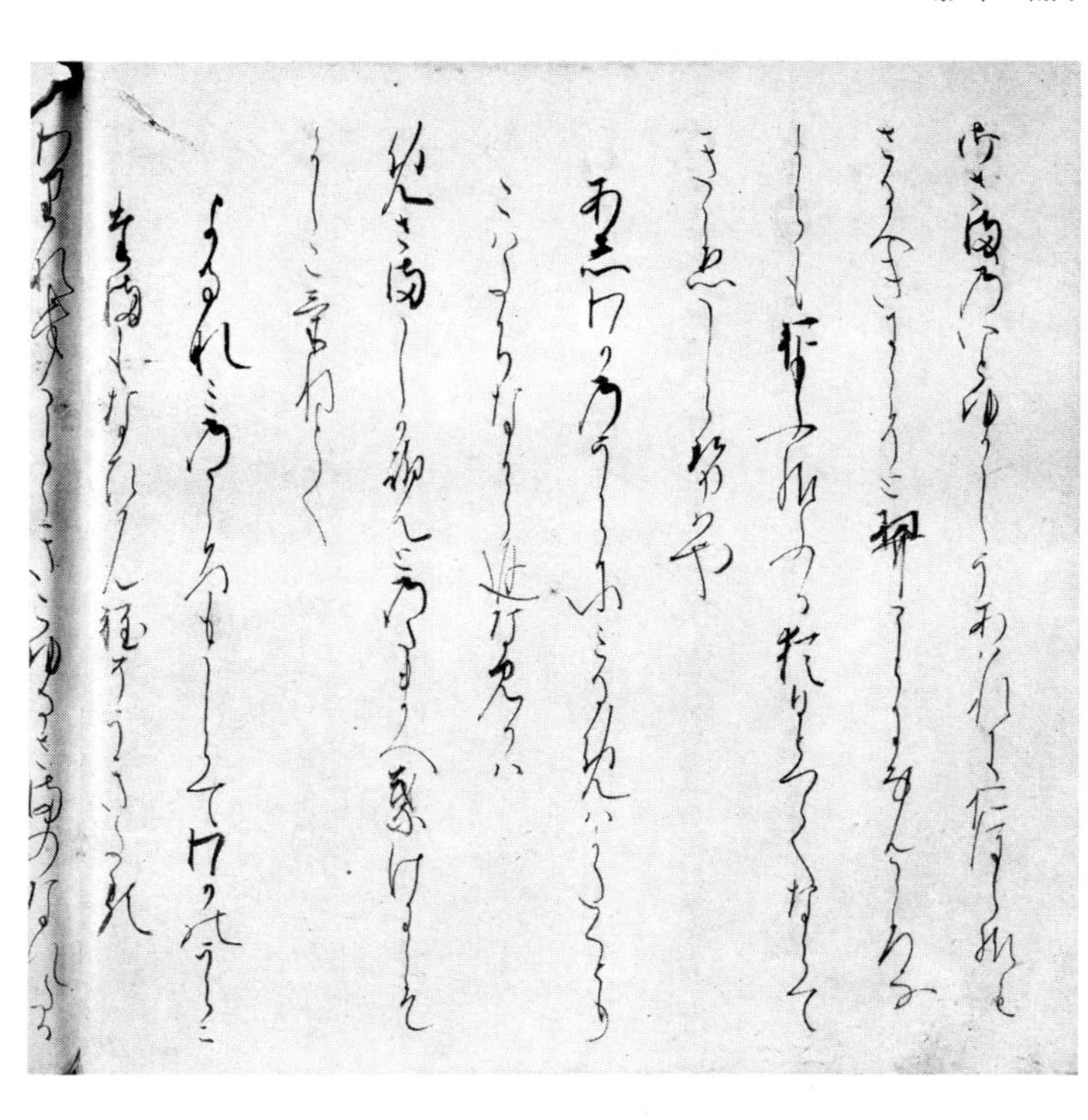

【御】さ満の・いと・ゆ可しぅ・あ八れ尓・おほえ・【給】も・
さるへき尓こそと・【契】・こと尓なん・こゝろな
可らも・おもふ・【給】ふる・【猶】・日とってならて・
きこゑしら勢八や・
あ志わ可の・うら尓・三る免八・可多くとも・
こ八・多ちな可ら・【返】・な見可八・
免さ満し可覧と・の多まへ葉・け尓こそ・
可しこ気れとて・
よる・那三の・こゝろも・しらて・わ可能うら二・
堂満も・なひ可ん・【程】そ・うき多類・

」47ウ

わ里那き・ことゝ・きこゆる・さ満の・なれ多る
そ・春こし・徒三・ゆるされ多る・なそ・こひ
さらんと・うち春し・多満へる越・わ可き・
【人】ゝ・者・見奉・三尓・あ尓・多し・【宮】・きこしめ・
[75] 尼君を恋い慕って泣く紫の上は、訪問した光源氏を父と勘違いする【一八二/152:053959】
ひ免【君】・うゐ越・こひ・きこゑ・【給】て・なきふ
し・【給】える尓・【御】あそひ可多きの・ことも能・な
をしす可多那る・【人】・を八須・【宮】の・を八しま須
な免里と・きこゆれ八・をきて・【少納言】尓・
な越し・き多里つらん八・い徒ら・【宮】の・を八須
る可とて・よ里・越者する・こゑ・いと・らう多遣

」48オ

[76] 少納言の乳母は紫の上を年よりも幼い様子であると光源氏に伝える【一八一/153:053986】

な里・三や尓葉・あらねと・お本しすつへき・
【人】尓も・あら春・こち・能（と）堂満ふ越者徒可し
可里し・【人】そと・さす可尓・きゝ那して・あしう・
いひて気りと・おほして・免のと尓・さしよ里
て・いと・見そ可尓・いさ可し・い満葉・ねふ多き
尓と・の多まへ八・いまさら尓・な尓・しのひ・【給】らん・
古の・ひさ能・うゑ尓・お本とのこもれよとて・い満・
春こし・よ里・多満えと・の多まへ八・免のと・され八
こそ・可く・よ徒可ぬ・【御程】尓なんとて・ち可く・
越しよ勢・多てまり多（ママ）れ八・な尓古ゝ路も・な

」48ウ

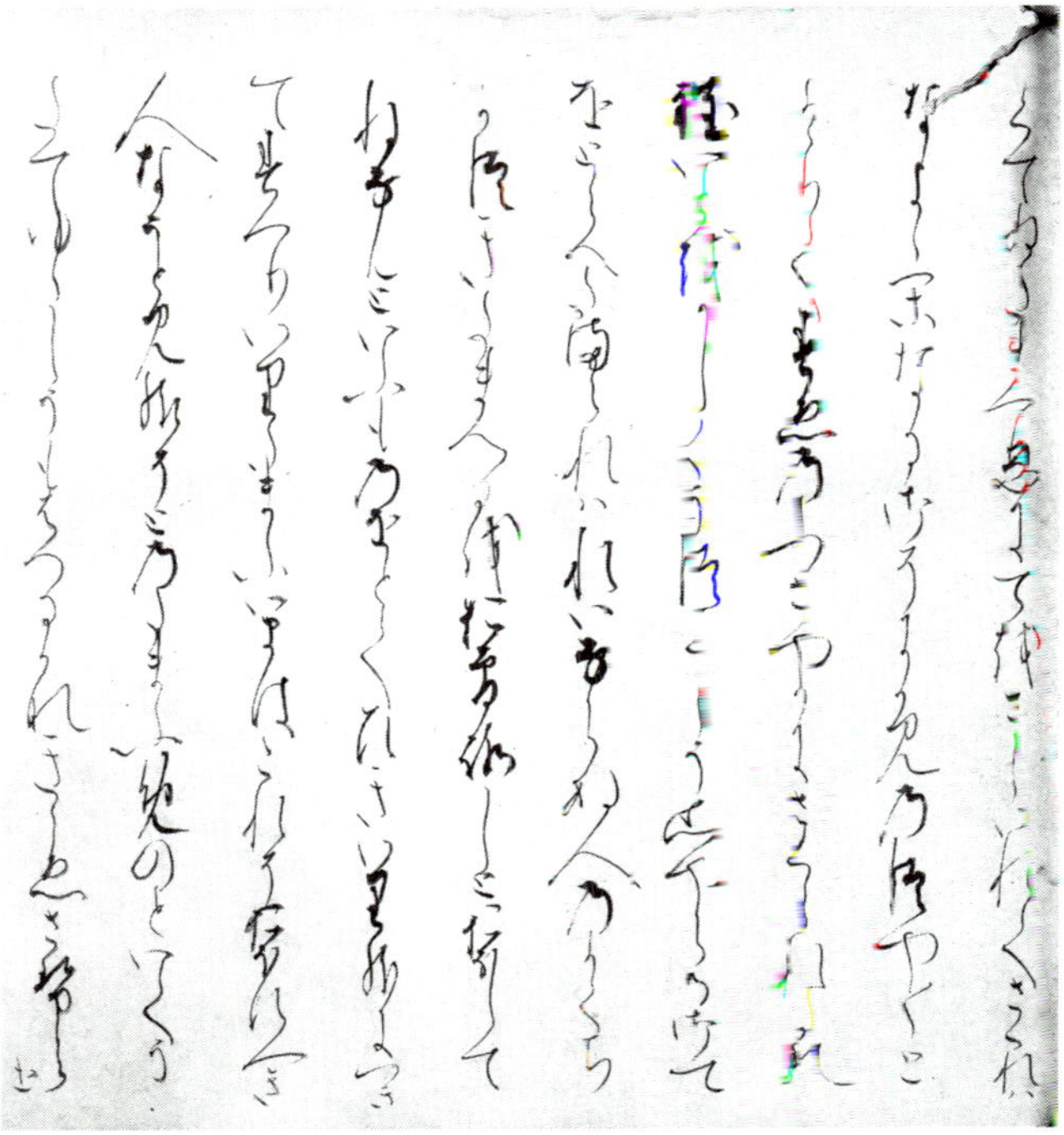

くて・ゐ・多まへ累尓[*り]・て越・さしいれて・さくれ八・

なよゝ楫なる・【御】そ尓・可見の・徒やゝくと・

可ゝりて・春るの・こゝや可尓・さくられ多類・

[五] 幼い紫の上の手を強引にとらえる光源氏に少納言の乳母は困惑する【一八一/155：054049】

【程】・いと越可しく・う徒くしう・【思】やらる・【御】て

を・とらへ・多満えれ八・れいならぬ・【人】の・可く・ち

可徒き・多まへる越・おそ路しと・お本して・

ねなんと・いふものをとて・ひきい里・【給】尓・つき

て・春へりい里・多まふ・いまは・これそ・お本須へき・

【人】・な・うと見・【給】そと・の多まふ・免のと・いて・う

多て・ゆゝしうも・者へる可那・きこゑさ勢・しら・せ

」49オ

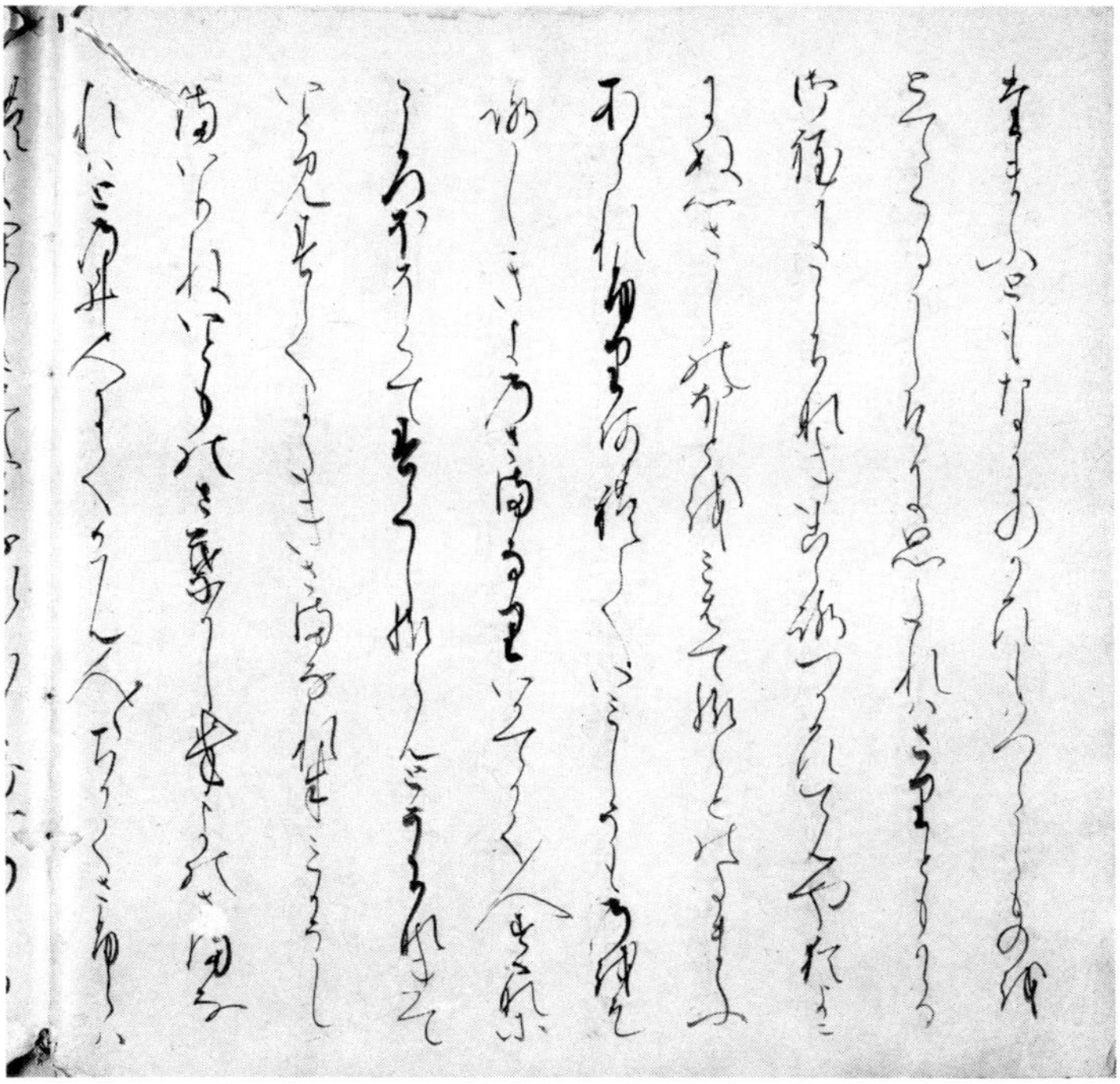

堂まふとも・な尓の・可ひも・八へらしもの越
とて・くるし个尓・【思】多れ八・さ里とも・可ゝる・
【御程】尓・こゝち・那き・古ゝ路・つ可ひてんや・【猶】・よ二・
尓ぬ・【心】さし能・本と越・三者て・【給】えと・能多まふ・
[78] あられが降り風が激しく吹く夜、光源氏は紫の上の御帳の中に入る【一八三/157:054106】
あられ・布里阿れて・い三しう・もの越そ
(付箋跡)路しき・よの・さ満な里*る・い可て・可く・【人】春**△(削)く那尓・
こゝろ本そくて・春くし・【給】らんと・うち那きて・
いと・【見】春て可多き・さ満なれ半・三可うし・
満いりね・いと・も能さ葉可しき・よ能・さ満な
れ八・との井【人】尓て・【候】八ん・【人】く・ち可く・さ布ら八
」49ウ

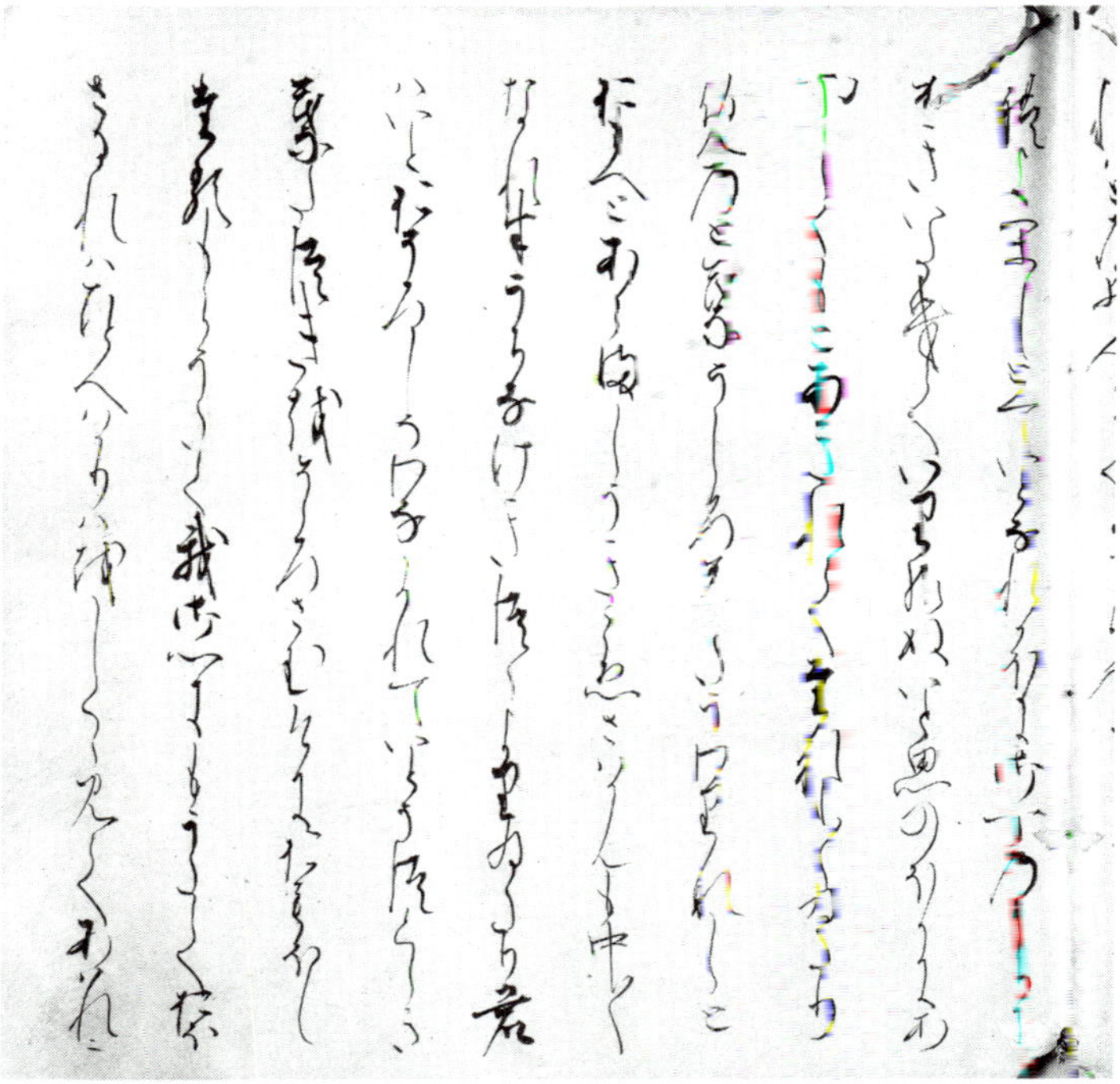

れよ閑しとて・いと・なれ可本尓・【御丁】のうち尓・
かきい多きて・い思・【給】ぬ・いと・【思】の・本可尓・あ
や〳〵もと・あきれて・堂れも〱・ゐ多り・
[79] 少納言の乳母がため息をつく中、光源氏は紫の上に一晩中寄り添う【一八三/158:054149】
免のと葉・うしろめ□*多う・わ里那しと・
おもへと・あら満しう・きこゑさ八可んも・【中】く
なれ半・うちなけき徒ゝ・よ里ゐ多り・【君】
八・いと・おそろしう・わなゝ可れて・いと・う徒くしき・
葉多徒きを・そゝろさむ个尓・おも本し
堂類も・らう多く・【我】・【御心】尓も・う多て・お本
さるれ八・ひとへ八可り八・越しくゝ見て・あ八れ二・

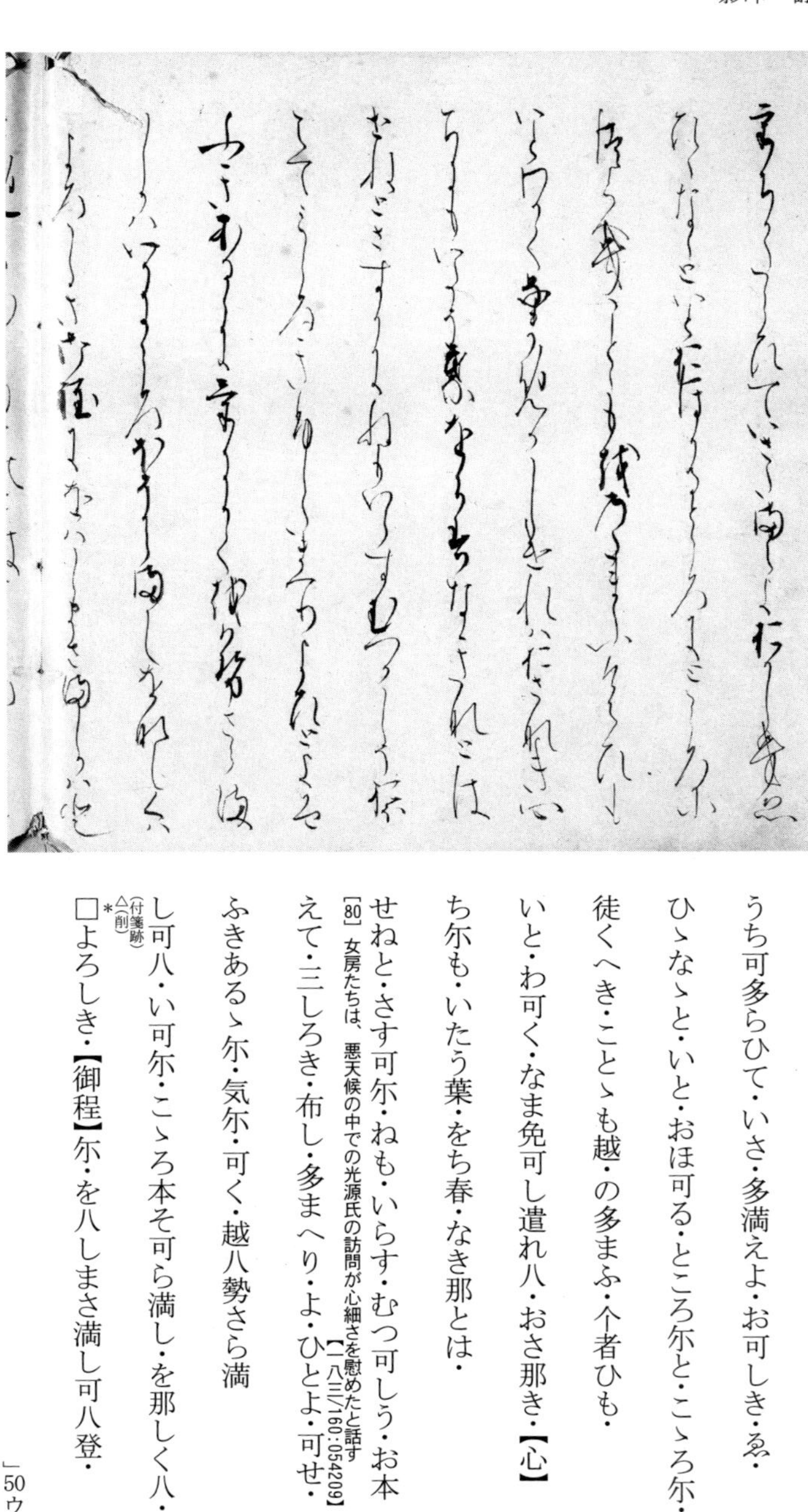

うち可多らひて・いさ・多満えよ・お可しき・ゑ・
ひゝなゝと・いと・おほ可る・ところ尓と・こゝろ尓・
徒くへき・ことゝも越・の多まふ・个者ひも・
いと・わ可く・なま免可し遣れ八・おさ那き・【心】
ち尓も・いたう葉・をち春・なき那とは・
せねと・さす可尓・ねも・いらす・むつ可しう・お本
[80] 女房たちは、悪天候の中での光源氏の訪問が心細さを慰めたと話す【一八三/160:054209】
えて・三しろき・布し・多まへり・よ・ひとよ・可せ・
ふきあるゝ尓・気尓・可く・越八勢さら満
し可八・い可尓・こゝろ本そ可ら満し・を那しく八・
(付箋跡)△(削)*
□よろしき・【御程】尓・を八しまさ満し可八登・

」50ウ

さゝ免きあえり・め能とは・うしろめ多さ二一・
いと・ち可く・【侯】・可勢・春こし・布きや見多る
尓・よふ可く・いて・【給】も・こゝろ*旦可本なり
や・いと・あ者れ尓・【見】・多てま徒る・【御】あ里
さ満越・いまは・まして・ときの・まも・おほつ可
な可るへし・あ遣くれ・ヨこり・た可免・八へる・
ところ尓・わ多し・多てま徒らん・かくての三八・
い可ゝ・もの越ち・し・【給】八さり个類と・の多まへ八・
[81] 尼君の四十九日後に、兵部卿宮は紫の上を邸に引き取る意向を示す【一八四/162:054258】
【宮】も・【御】む可へ尓と・きこゆ・【給】めれと*八[古の]・【御四
十九日】・すくしてなと・おもふ・【給】ふると・きこゆ

れ八・堂のもしき春ちな可らも・よそく
尓・ならひ・【給】えれ八・を那しうとこそ・うとく・
おほえ・【給】八免・いまより・【見】・多てまつれ登・
あさ可らぬ・古ゝろさし八・こよ那う・まさり
ぬへくなんとて・かき那て徒ゝ・可へり三可
[82] 紫の上と別れた後、光源氏はかつて通った女性の家の門を叩かせる【一八四/163:054287】
ち尓て・いて・【給】ぬ・い三しう・き里わ多り多
累・そらも・多ゝならぬ尓・しも八・いと・しろう・
おきて・満こと能・遣さう（も）・を可し可里ぬへき
尓・さうくしく・おもひを八春・いと・しのひて・
可よひ・堂まふ・ところの・【道】なれ葉・お本し

」51ウ

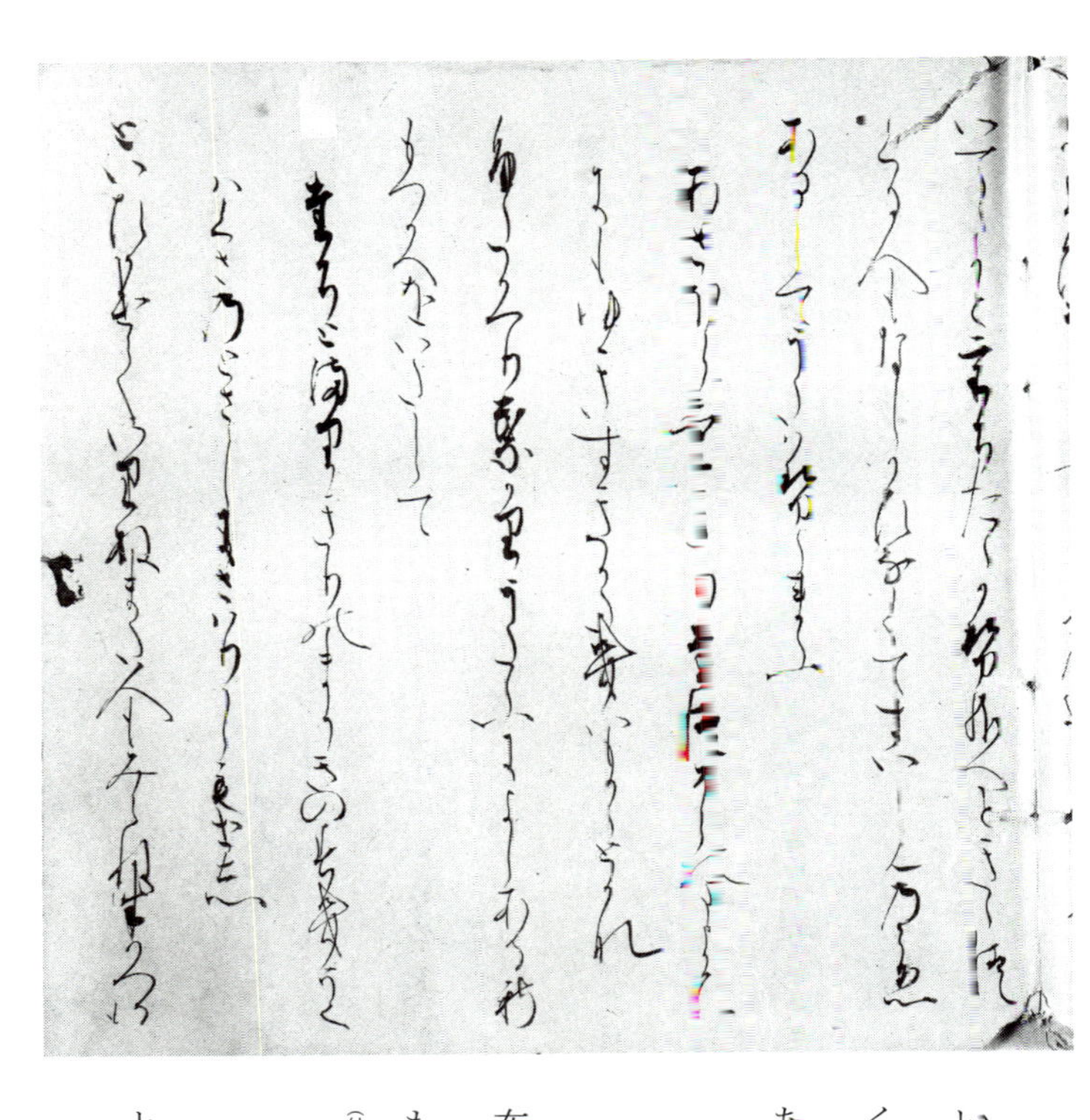

いてゝ・可と・うちたゝ可勢・【給】へと・きゝ徒
くる・【人】もなし・可ひなくて・すいしんの・こゑ・
あるして・う多八勢・多まふ・
あさ本ら気・きり・堂徒・そら能・まよひ
尓も・ゆきすき可多き・いも可・ゝと可那・
布多可へり葉可里・う多ふ尓・よし・ある・新
もつ可へを・い多して・
(付箋跡)堂ちと満里・きり能・ま可きの・春きうく
△△(削)
**
八・くさの・とさし尓・さ八りしも・せ志
*も
と・いひ可遣て・い里ぬ・ま多【人】も・みえね半・可へる・
(墨ヨゴレ) も
」52オ

なさけな気れと・あ遣【行】・そら・八し多那く
[83]　光源氏は紫の上のかわいらしい面影が恋しくて文を書き絵をおくる【一八五/166:054351】
て・とのへ・越者しぬ・を可し可里徒累・【人】の・なこり・
古ひしく・ひとり゙ゑ三・して・布し・【給】えり・ひ・多
可く・【御】とのこも里おきて・ふ三・やり・【給】ふ
尓・可くへき・こと能【葉】も・れいならね盤・布て・
うちおき徒ゝ・すさ見・い・多まへり・ゑなと能・
[84]　父兵部卿宮は少納言の乳母に、紫の上を引き取ることをうち明ける【一八五/167:054377】
を可しき越・や里・多まふ・可しこ尓は・【今日】
しも・【宮】・わ多り・【給】えり・【年】ころよ里も□・△(削)*
こよ那く・あ者れ・まさり・ひく(ろ)・ものふり
堂類・ところの・いとゝ・【人】春く那尓・さひし
」52ウ

気れ八・三わ多し・【給】て・可ゝる・ところ尓葉・

い可て可・新者しも・おさ那き・【人】の・春くし・【給】

者ん・【猶】・可しこ尓・わ多し・多てまつ里てん・（らん（削）＊＊＊）

な尓の・ところせき・【御程】尓も・あら須・

免の（付箋跡）と葉・さうしなと・して・【候】なん・【君】（【若】＊）者・

わ可き・【人】く・あれ八・も路とも尓・うちあそひ

て・いと・よく・ものし・【給】なんなと・の【給】ふ・

[85] 紫の上の着物がしおれているのを目にした兵部卿宮は、娘を憐れむ【一八五/168:054425】

ち可う・よひよ勢・堂てまつり□（て（削）＊）・多まへ

る尓・かの・【御】う徒里可能・い身しう・えん尓・

し三可へり・【給】えれ八を可し能【御】尓本ひや・

」53オ

【御】そ八・なへてと・いと・こゝろく類し遣尓・を
も本し多里・【年】ころも・あ徒しく・さ多・
すき・多まひ尓个類・【程】尓・そひ・多まへ類
よ里葉・ときく・可しこ尓・王多しなと・志
て・免ならし・【給】えと・きこゑし越・あやし
く・うと見・多満ひて・【人】も・こゝろ・おくめり
し尓・可ゝる・越里しも・ゝのし・【給】八んも・【心】□*（く削）
く類しくなんと・の【給】へ八可ゝる・き本日尓
しも・な尓可八・古ゝ路本そくとも・し者
新葉・可くて・を八しましなん・春こし・【物】ゝ・

」53ウ

(付箋跡)
こゝろ越も・お本しゝ里なん・【程】尓・わ多ら勢・【給】八ん

[86] 少納言の乳母の言葉と紫の上の様子に兵部卿宮はもらい泣きをする 【一八六/170:054484】

こそ・よう八・【侍】る辺个れと・きこゆ・よる・ひる・（*者△△(削)*）
古ひ・きこゑ・多まふ尓・者可那き・ものも・き
こしめさすとて・い多う・おもや勢・多まへれと・（*り(削)）
あて尓・う徒くし个尓・な可く・【見】え・【給】ふ・
な仌可・さしも・おもふ・【給】ふ・い湍者・よ尓・
たき・【人】の・【御】こと【葉】・可ひなしをのれ・あれ八
なと・可多らひ・多まひて・くるれ半・可へり・【給】を・
いと・こゝろ本そしと・【思】多まひて・い三しう・な
き・【給】へ葉・【宮】も・うちなき【給】て・いと・可く・
」54オ

おも本しい里多免る越・【今日】・あす・わ多し・（り【給】（削）*）
堂てま徒里てんと・【返】ゝ・こしらへおきて・
王多り・【給】ぬ・【御】なこりも・なくさ免可多く・
[87] 紫の上は幼いながらも、自分の身の上と今後の事を思って涙を流す【一八六/171：054542】
なきゐ・多まえり・遊くさき・【身】の・あ覧
万ては・おも本し多とらす・多ゝ・としころ・堂
ち者那るゝ・を里・那く・なれま徒者し・き
こゑ・ならひて・いまは・を八勢ぬ・【人】と・な里・【給】尓（△削*）
気里と・おもふ可・い三しき尓・をさ那き・【御】
こゝちなれ登・むねも・つと・ふ多可りて・れいの・（墨ヨゴレ）
やう尓・あそひも・し・【給】八寿・ひる葉・さても・
」54ウ

満きゝ八し・たまふ越・。くれ(ゆふ)と・なれ者・い見
(付箋跡)しう・くんして・かくて八・い可て可・春くし・【給】八*(△削)ん・(と△削)
なくさ免・つらでて・め*た*とも・なきあえし・（【給】(削)ふ(削)）
「38」光源氏は宮中へ行く自分の代わりに、惟光を紫の上の屋敷に遣わす【一八六/173:054588】
【君】の・【御】もとよ里八・古れ三徒・多てまつれ・
堂万えり・満里(い)くへき・うちよ里(二)・免し
能・あれ八・えなん・こゝろく類しう・三・多て
満つりしも・新徒こゝろ・なくとて・との井
(付箋跡)【人】・堂てま徒れ*(里削)・堂まへり・あちき那く
も・ある可那・多者ふれ尓ても・ゝ能ゝ・者
し免尓・【此】・【御事】よ・三や・きこし免し

」55オ

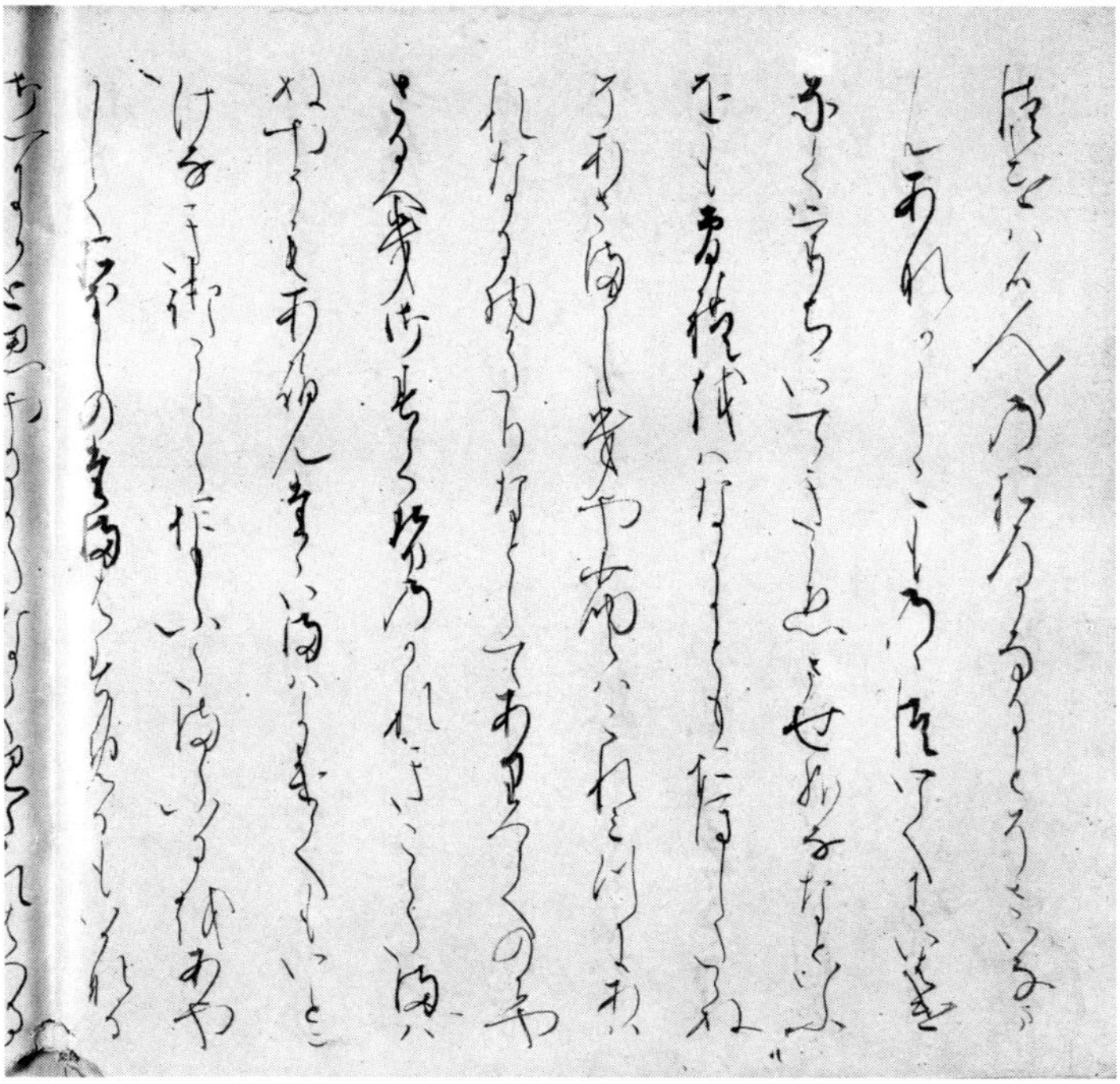

徒遣八・【候】・【人】くの・おろ可なるとそ・さいな万

ん・あ那・可しこ・ものゝ・徒いて尓・い者遣

（付箋跡）なく・うち*（ら（削））いて・きこゑさ*せ*（△△（削））・【給】ななと・いふ（墨ヨゴレ）

をも・それ越八・な尓とも・おほし多らぬ

[89] 少納言の乳母は、屋敷を訪問した惟光へ自分の考えと不安を訴える【一八七/175:054631】

そ・あさ満しきや・【少納言】八・これ三つ尓・あ八

れなる・【物】可多りなと・して・あ里へて・のちや・

さるへき・【御】春く勢・の可れ・きこえ・多満八

ぬ・やうも・あ覧・堂ゝい満八・可遣ても・いと・二

けなき・【御】ことゝ・おもふ・多満ふる越・あや

しく・お本し・の堂満者春免るも・い可那る・

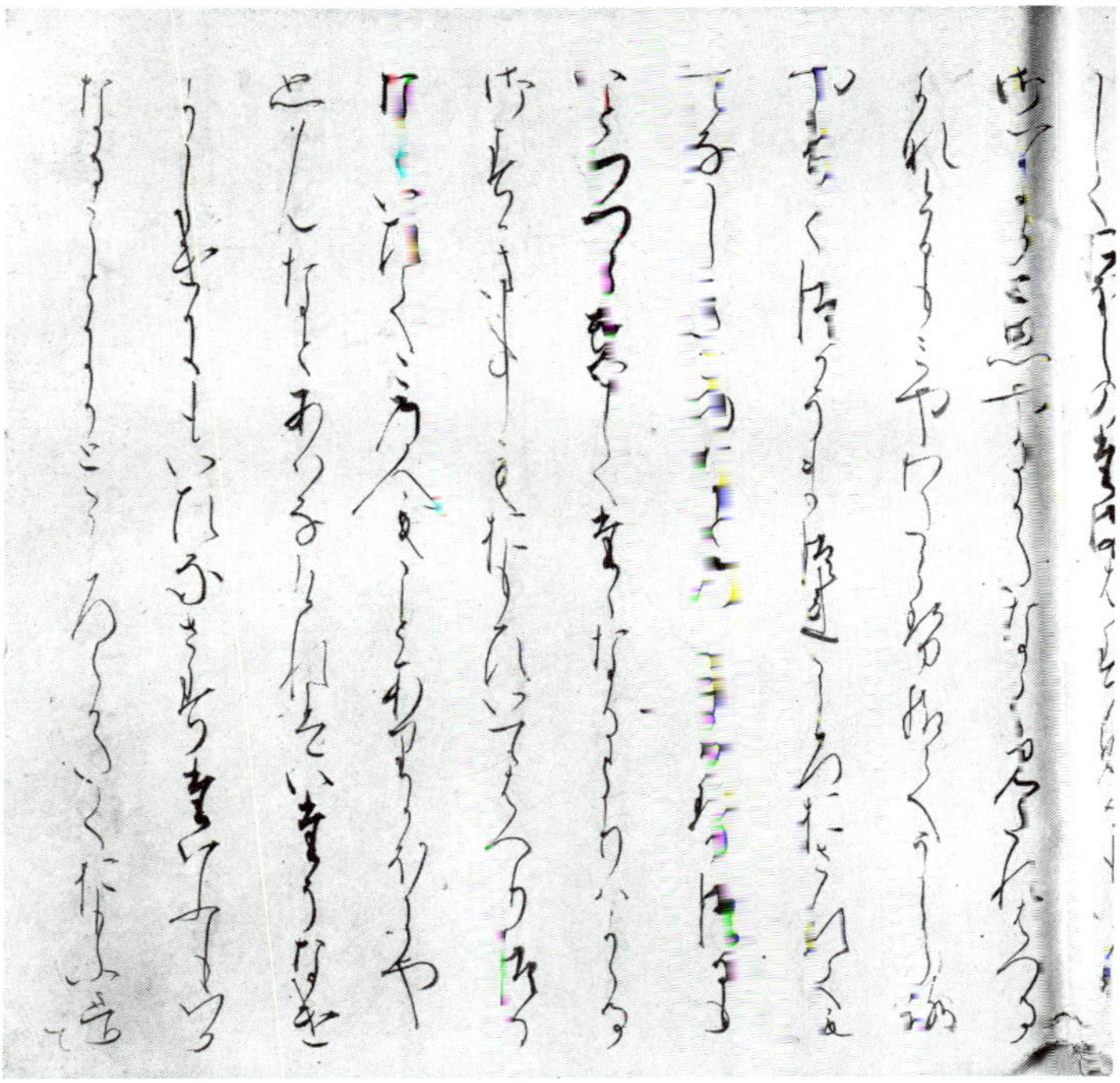

【御心】尓可と・【思】やる・可多・なく・見多れ・者へる
可那・【今日】も・三や・わ多ら勢・【給】て・うし路**（ろや（削））
や春・・徒ぎうま徒遣・こゝろをさ那く・も
てなし きこゆなと・の多ま八勢徒るも・
いと・わつら葉しく・堂ゝなるより八・可ゝる・
【御】春き【事】も・おもひいて・者へり徒る
なと・いひて・この・【人】も・ことあ里可本尓や・
【思】八んなと・あいな个れ盤・い堂う・な遣
可し遣尓も・いひなさ春・堂いふも・い可
[90] 光源氏は惟光から父兵部卿宮が紫の上を引き取る予定であると聞く【一八七/177:054698】
なる・こと尓可と・こゝろえ可多く・おもふ・万いり・
て
」56オ

（付箋跡）あ里さ満など・きこゑ気れ八・あ八れ尓・*（△削）
（付箋跡）おほしやらるれと・さて・可よひ・【給】八んも・
さす可尓・すゝ路。（なる）・こゝち・して・可る〱しく・
もてひ可免多りと・【人】や・も里き可むも・
徒ゝ満し遣れ八・堂ゝ・む可へんと・お本
春・【御文】八・多ひ〱・多てまつれ・【給】ふ・くる
れ八・れいの・多いふをそ・徒可八春□□・（*△*△削）
さ葉る・ことゝも・あ里て・まいりこぬを・
越ろ可尓やなと・阿里・三やよ里・尓八
可尓・あ寿・【御】む可へ尓と・の多ま八勢多り

つれ半・こゝろあ八多ゝしくてなん・とし
古路の（墨ヨゴレ）・よもきふ・可れなんも・さ季可二・
こゝろ本そく・【侯】・【入】ゝ・と・も・【思】三多れて・こと・こと
すく那尓・いひて・をさ・く・あへしら八春・
もの・ぬい・ゝと那む・遣しき・志る遣れ八・
[91] 左大臣邸に来ている光源氏は惟光に紫の上を連れ出すことを命じる【一八八/179:054757】
満いりぬ・【大】との尓・越者し遣る尓・【女君】
も・と見尓も・多い免・し・【給】八春・ものむ
徒可しう・おほえ・【給】て・三那見をもて尓・
あつま越・す可ゝきて・ひ多ち尓盤*者（削）・多を
こそ・つくれと・いふ・う多越・こゐ八・なま免きて・
」57オ

すさ*ひ[見(削)]・ゐ・多まへり・満い里多れ八・免し
よ勢て・あ里さま・とひ・【給】ふ・し可くなん
と・きこゆ連八・くち越しく・お本して・可能・
三や尓・王多りな八・わさと・む可へいてんも・
日と免・すきくし可るへし・おさ那き・【人】・
ぬ春見いて多りと・もとき・をひなん・そ能・
さき尓・志者し・【人】尓も・くち可多免て・
わ多してんと・お本して・あ可月尓・可しこへ・
も能せん・さる・こゝろ・して・*【車】[△【車】(削)]の・さうそく・
さな可ら・すいしんの・を能ことも・【二三人】八可り・
」57ウ

おほ勢をき多れと・の多まふ・うけ【給】八り

［92］思案のあげく、光源氏は滞在中の左大臣邸から夜明け前に出かける【二八八/182:06 10C7】

て・多ちぬ・【君】・い可尓・せまし・きこゑ・あ里て・

春き可淸し閑へき・こと・ゝしの・【程】多二・

もの・【思】し里・【女】能・こゝろ・可八ゝ宣る　こと ゝ・起

し八可られぬへく葉・よの・つねな里・ちゝ三

この・多つねいて・宣万へらん・いと・春ゝろ尓・

者し多那可るへき越と・お本し見多るれと・

さて・者つしてん八・いと・くち越し可るへ个れ半・

満多・よふ可く・いて・多まふ越・【女君】・れいの・しふく二・

こゝろも・と遣て・ものし・【給】ふ尓・可しこ尓・いと・せち・

」58オ

【見】るへき・ことの・者へる越・ゝもふ【給】へいてゝなん・
堂ち可へり・満い里きなんとて・いて・【給】へ八・【侯】・
【人】くも・しらさ里気り・【我】・【御】可多尔て・【御】な越
し・堂てまつりて・これ三つ者可里を・【御】とも尔

[93] 少納言の乳母が応対に出るものの光源氏は制止も聞かずに奥へ入る【一八九/184:054889】

て・越者しぬ・可と・うち多ゝ可勢・【給】へ盤・こゝろも・
しらぬ・ものゝ・あけ多る尓・【御車】・やをら・ひ
きいれて・れいの・多いふ・徒まと越・ならして・
志者ふ遣八・【少納言】・きゝし里て・いてき多里・古ゝ・
を八しま春と・いゐ葉・をさ那き・【人】八・おほとのこ
も里てなん・なと可八・いと・よふ可く・いてさ勢・【給

（以下落丁）」58ウ

[94] 光源氏は父宮の使いであると嘘をついて、寝ている紫の上を起こす【一九〇/187:054963】

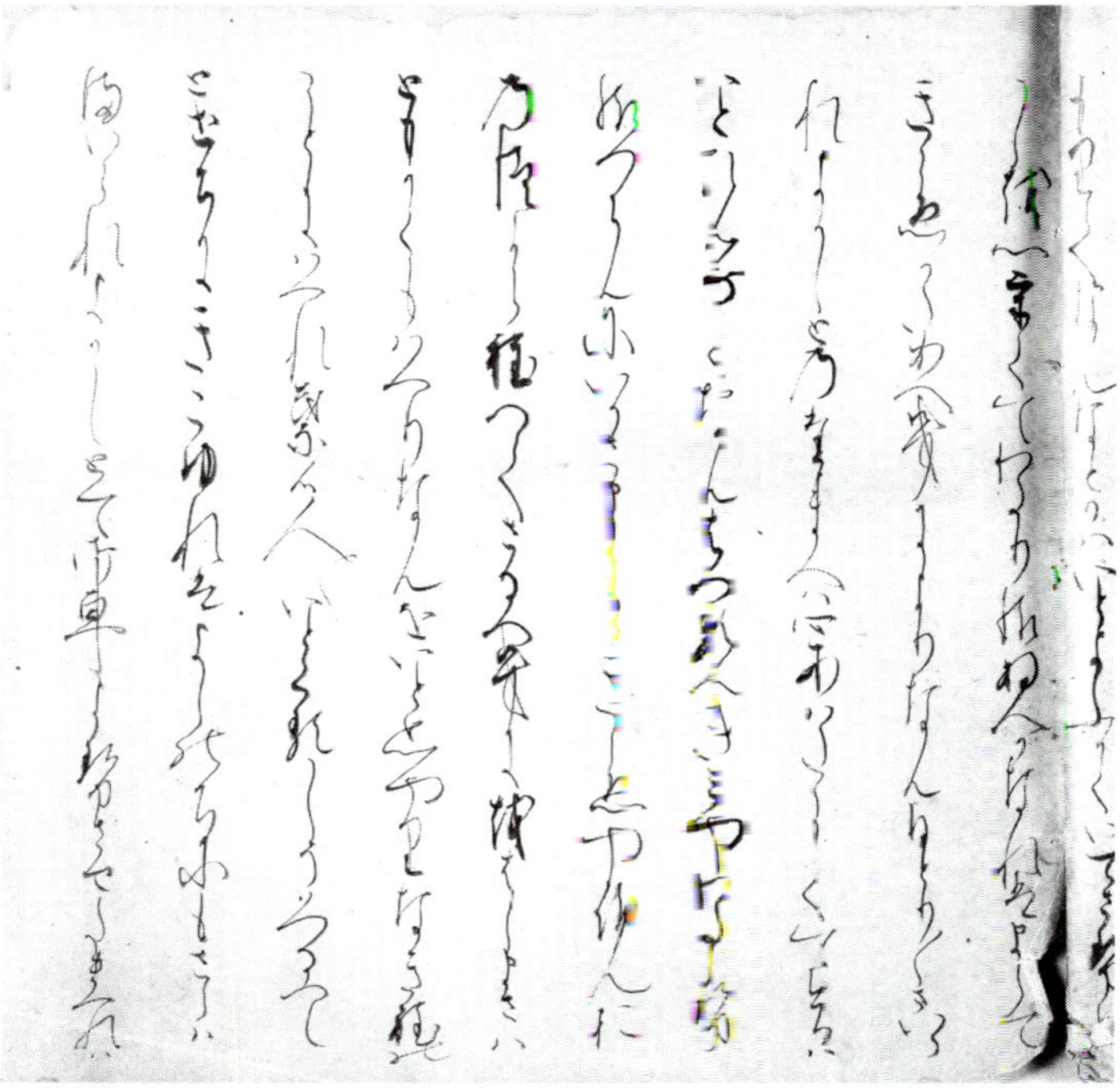

[95] 二条院へ誰か来るようにと指示して、光源氏は紫の上を連れて行く
【一九〇/189:055006】

し越・【心】うくて・わ多り【給】ぬへ可なれ盤・まして・
きこゑ可多かへき尓よりなん・日とりく・万いら
れよ可しと・の堂まへ八・【心】あ八多ゝしくて・【今日】八・
いと・ひんなくなん・者へ類へき・三や・わ多ら勢・
【給】へらん尓・い可さま尓可・きこゑや覧・お
の徒可ら・【程】・へて・さるへき尓・越者しまさ八・
とも可くも・八へりなんを・いと・【思】や里・なき・【程】能・
こと尓・八へれ葉・【候】・【人】く・いと・く類しう・八へるへし
と・せち尓・きこゆれ盤・よし・能ち尓も・さら八・
満いられよ可しとて・【御車】・よ勢させ・多まへれ八・

」59オ

あさ満しく・い可尓と・きこゑあえり・布と・能せ・
多てま徒里・多満ふ尓・わ可【君】も・あやし・と
おも本して・なき・多まふ・【少納言】・とゝ免・きこ
えん・可多・那遣れ八・【夜】へ・ぬいし・【御】そとも・
ひき可さねて・【身】徒可らも・よろしき・ゝ

[96]　少納言の乳母は困惑するものの紫の上のことを思って涙をこらえる【一九〇/191：055081】

ぬ・き可へて・の里ぬ・【二条】の【院】者・ち可遣れ八・
満多・あ可く・ならぬ・【程】尓・を者して・【西】の
多い尓・【御車】・よ勢て・をり・【給】ふ・わ可【君】越八・
可るら可尓・い多きおろし・【給】つ・【少納言】・【猶】・いと・ゆめ
の・【心】ち・し・八へ類を・い可尓・し・八へ類へき・こと尓可

」59ウ

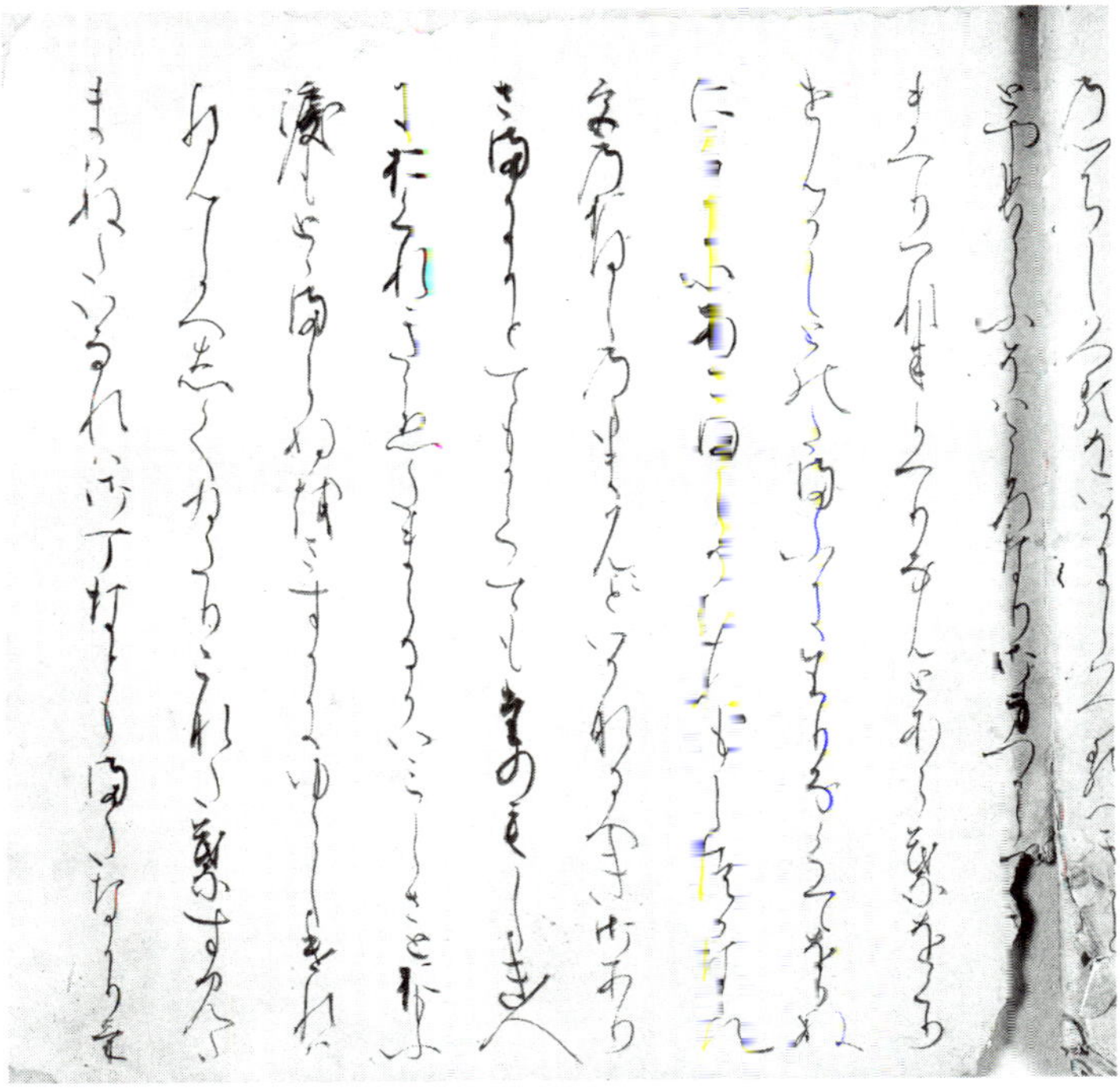

と・や春らふ・そ八・こゝろなり・【御身】つ可ら・わ△■・■■
まつりつれ半・可へりなんと　あつ葉・をくり・
せん可しと・能多満ふ尓・王りなくて・をりぬ・
に者可尓・あさ満しう・むねも・し徒可なら須・
【宮】の・おほし・の多ま八ん・。と・い可那るへき・【御】あり
さ満尓可・とても・可くても・堂のもしき・【人】
尓・おくれ・きこゑ・多まえる可・い三しさと・おもふ・
【涙】も・とゝ満らぬ越・さす可尓・ゆゝし遣れ八・
[97] 紫の上のために、光源氏は通常は使わない対屋に調度などを整える【一九一／193：055147】
ねんし可へ志て・ゐ多り・こ那多葉・す見・多
ま八ぬ・多いなれ八・【御丁】なとも・満多・な可り気（ママ）・

」60オ

古(付箋跡)れ三徒・免して・【御】ひやうふとも・阿多りく・

多てさ勢・多万ひ・【御木丁】の・可多ひら・ひき

を路し・越ましなと・堂ゝ・ひき日ろく八可り

尓て・あれ八・【東】の・多い尓・【御】とのゐもの・とり二・

[98] 二条院へ連れてこられた紫の上は、気味が悪くなり体をふるわせる【一九一/195:055173】

徒可八して・おほとのこも里ぬ・わ可【君】・いと・む

く徒遣く・い可なる尓可と・ふるわれ・多万へと・

さす可尓・こゑ・多てゝも・なき・多万者春・【少納言】

可・もと尓・ねんと・能堂まふ・こゑ・いと・王可し・い満八

さは・お本とのこもるましきそよと・をしへ・

きこゑ・多万へ八・いと・わひしくて・なきふ(破損・判読)■・■…(破損)■・

」60ウ

免のと人・こゝちも・ふされす・も能も・おほ■△・△■（破損）（破損）

[99] 少納言の乳母は、輝くばかりの立派な二条院で間の悪い思いをする

井多り・あけ【行】・まゝ尓・【見】つ多勢人・おとゝ能・【一九一/196:055205】△△△（削）

しつらひ・つくりさ満・散ら尓も・い者春・尓

葉の・春那こも・多満越・可さね多らむ・やう

尓・みえて・可ゝやく・こゝち・する尓・者し多那く・

【思】ゐ多れと・こ那多八・【女房】なとも・【侯】八さ里遣り・

うとき・満らうと・まいりなと・する・をり能・

可多那里个れ盤・をとこともそ・見すの・と

に・あ里遣る・かく・【人】・む可へ・多満えりと・本のき

く・【人】八・堂れならん・おほろ遣尓八・あらしと・（付箋跡）

」61オ

〔100〕かわいらしい女童を呼び寄せた光源氏は休んでいた紫の上を起こす　【一九二/197：055247】

さゝ免く・【御】可ゆ・【御】てう徒なと・見な・こ那多ニ・
満いる・ひ・多可く・ねをき・多まひて・【人】・なくて・
あし可免る越・さるへき・【人】く・ゆふつ遣てこそ八・
む可へさ勢・多ま八免登・の多ま八勢て・多いへ・
王ら八へ・免し尓・徒可八す・ちひさき・可きり・
ことさら尓・万いれと・あ里（里（削）*）个れ八・いと・越可し遣
尓て・【四人】・満いれ里・【君】八・【御】そ尓・まつ八れて・
布し・【給】える越・せ免て・越こして・こゝろうく・
な（付箋跡）・を（墨ヨゴレ）八勢そよ・すゝろなる・【人】八・閑く八・あ里
なんや・【女】八・こゝろや八ら可那るなん・よき那■（破損・判読）・
」61ウ

[101] 紫の上の気をひこうと、光源氏は面白い絵などを見せて相手をする【一九二/199:055301】

い満よ里・越しへ・きこゑ・多満ふ・可本■…■・（破損・判読 さし）

者那連て・者つ可尓・【見】・多まひしよ里も・

い見しゝ・きよら尓・ゝ徒くし気れ盤・なつ

粡しう・うち可多らひ徒ゝ・を可しき・あそひ

もの越・とり尓・つ可八して・【見】勢・堂てまつり

なと・【御心】尓・徒く・ことを・し・【給】ふに・やうく＊（削 へ）・お

き井（墨ヨゴレ）て【見】・多満ふ・尓ひ【色】の・こ満や可那る・

可うちなへ多類とも・おきて・な尓こゝろも・

なく・うちゑ[三]なと・して・ゐ・多まへ類か・いと・う徒

[102] 紫の上は光源氏が留守にしている間に、二条院のあちこちを見回す【一九二/201:055341】

くしき尓・【我】も・うちゑまれて・【見】・多満ふ・【東】

」62オ

の多いへ・わ多り・【給】える・満尓*△(削)・堂ちいてゝ・【庭】能・
こ多ち・いけの・可多那と・のそき・堂満え葉・し
も閑れの・せんさい・ゑ尓・可き堂る・やう尓て・
みも・しらぬ・【四】ゐ・【五】ゐ*位(判読・削)・こきま勢尓・ひま・那く・
いてい里徒ゝ・遣尓・越可しき・ところ可那と・
おほす・ひやうふなと能・いま免可しき・ゑを・
三徒ゝ・なくさ見て・を八春るも・者可那し
[103] 留守にする光源氏は紫の上のために手習いの手本などを残していく　【一九三/202:055377】
や・き見八・ふつ可*△(削)【三】可・うちへも・万いり・多満八春・
古の・【人】越・なつ遣・可多らひ・きこゑ・【給】・てならひ・
ゑなと・さ満〳〵・可き徒ゝ・み勢・多て■(破損・判読)つ■・

」62ウ

堂満ふ・や可て・【本】尓と・お本春■■(破損)・■…■(破損)・
い見しう・越可し遣尓・かきあ徒免・【給】えり・
むさしのと・いゑ八・可こ多れぬと・むらさきの・
可見尓・関き・【給】える・す見徒きの・いと・こと
なる越・と里て・三井・【給】えり・
ね者・【見】ねと・あ葉れとそ・おもふ・むさし
【野】く(削) *の*ゝ・△(削)*【露】・わ遣王ふる・【草】の・ゆ可り越

[104] 光源氏は紫の上へ手習いを教え、人形などの家を作って一緒に遊ぶ【一九三/203:055428】

と・阿里・いて・【君】も・可い・【給】えと・の多まへ者・ま多
えよく者*も・可ゝすとて・三あ遣・【給】える可・な尓
【心】も・那くゝう徒くし遣れ八・本越ゑ三て・よ可らね(と)・
」63オ

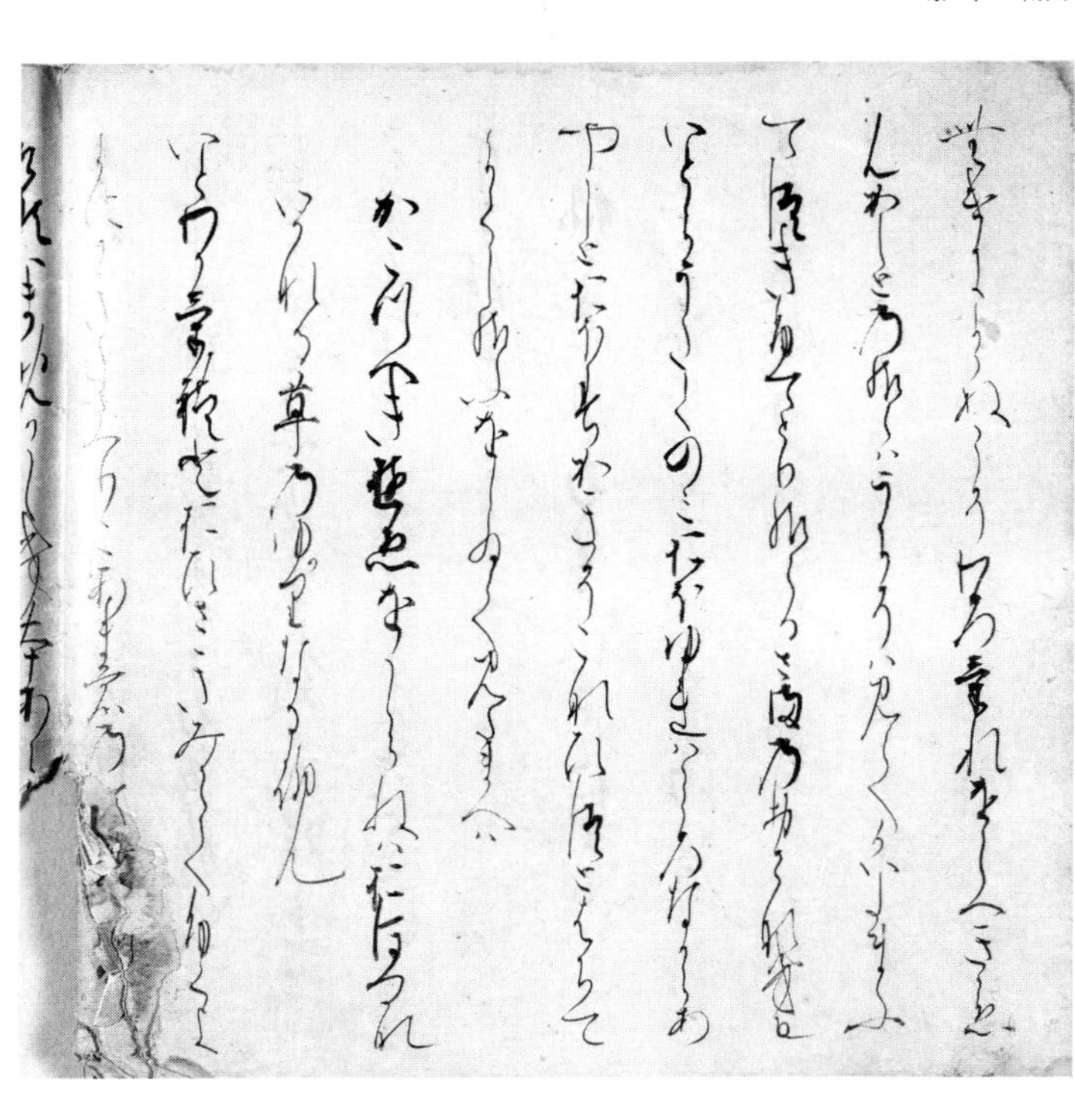

無遣尓・可ゝぬこそ・わろ気れ・をしへ・きこゑ
んかしと・の【給】え八・うちそ八【見】て・可い・多まふ・
て徒き・布て・とり・【給】える・さ満の・おさ那きも・
いと・らう多くの三・お本ゆ連八・こゝろな可ら・あ
やしと・お本春・かきそこ那ひ徒と・者ちて・
可くし・【給】ふを・しゐて・【見】・多まへ八・
　かこつへき・遊ゑを・しらね八・おほつ可那・
　　い可那る・【草】の・ゆ里（可）なる覧・
いと・わ可気れ登・おひさき・みえて・布くよ
可に・可き・多万へり・こあま【君】の・て■（破損・判読）…■・■（破損）…■

」63ウ

个類・いま免可しき・【本】あら■(破損)・■…■(破損)・
ゝ可き・【給】てんと・み・堂*多まふ・日ゝ那ゝと・いと・わさ
と・やとも・ゝくり徒ゝ気さ勢て・【我】も・ゝろとも二・
あそひつゝ・こよ那き・も乃【思】の・まきらハし
[105] 事情を知らぬ兵部卿宮は紫の上の失踪を嘆き、少納言の乳母を疑う【一九四/206．055505】
な里・かの・とまりし・【人】く者・【宮】・わ多ら勢・【給】て・
多つね・きこゑ・【給】个る尓・【申】しやる・可多・那く
て・王ひあえりけ類・志者し・【人】尓・新ら勢
しと・【君】も・の多万ひ・【少納言】も・おもふ・こと那れ八・
勢ち尓・くち可多免・や里个り・堂ゝ・【行】ゑ
も・しら須・【少納言】・ゐて・可くし・多て満つ直*りる
と
」64オ

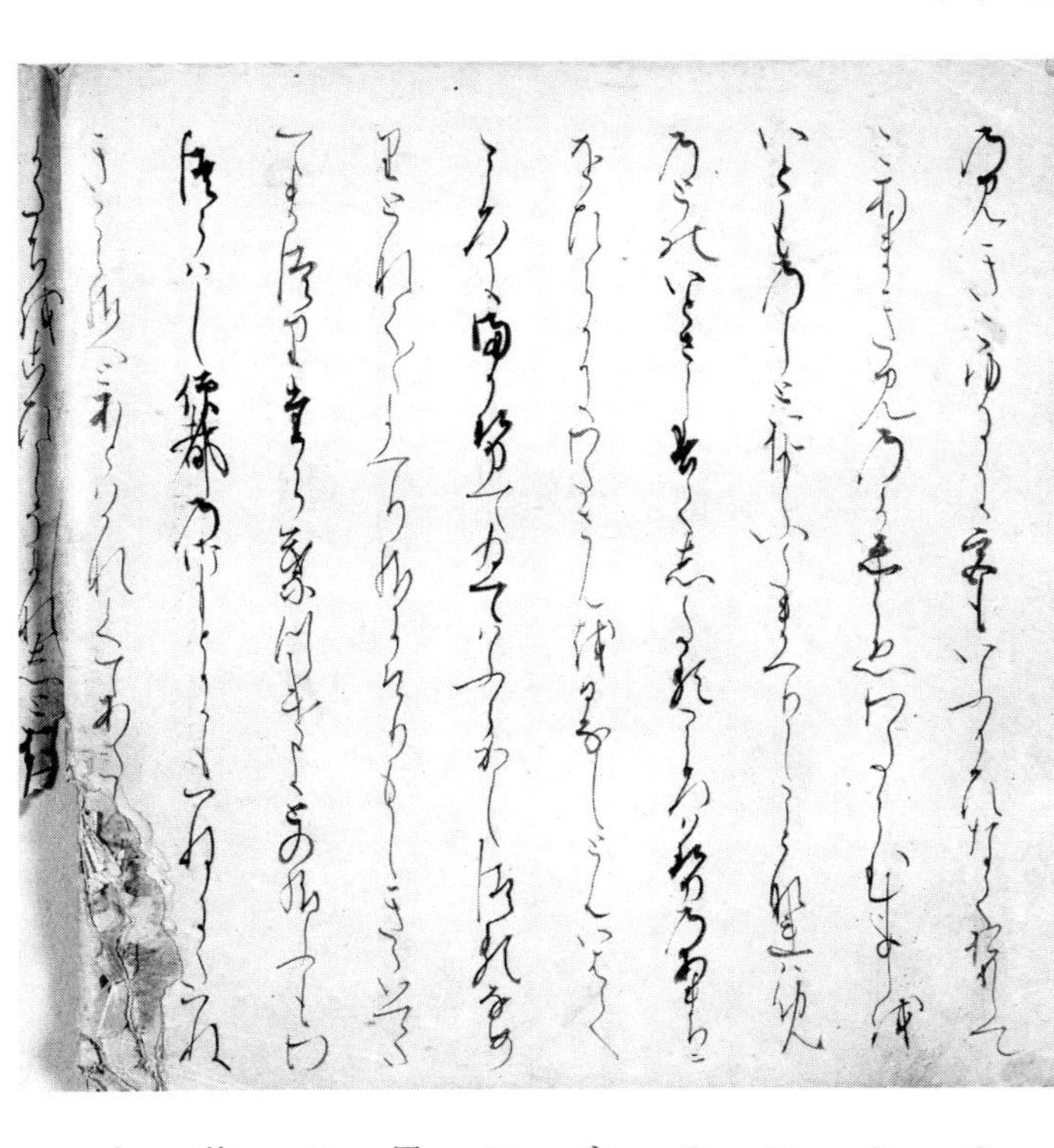

の見・きこゆる尓・【宮】も・いふ可ひなく・お本して・
こあまき見の・可志こゑ・わ多らむ・【事】越・
いと・ものしと・おもふ・多まへりし・こと那連八・免
のと能・いと・さし春く志多類・こゝろ八勢の・あまり二・
をひら可尓・わ多さん越・日なしとん・い者て・
こゝろ尓・満可勢て・ゐて・八ふらかし徒類なめ
里と・那くく・可へり・【給】尓个り・もし・きゝいて・多
てま徒里堂ら葉・つ遣よと・の【給】ふも・わ
徒ら八し・【僧都】の・【御】もと尓も・つね尓・多つね・
きこえ・【給】へと・あと八可那くて・あ多ら■…■・

（破損・判読）
*し

」64ウ

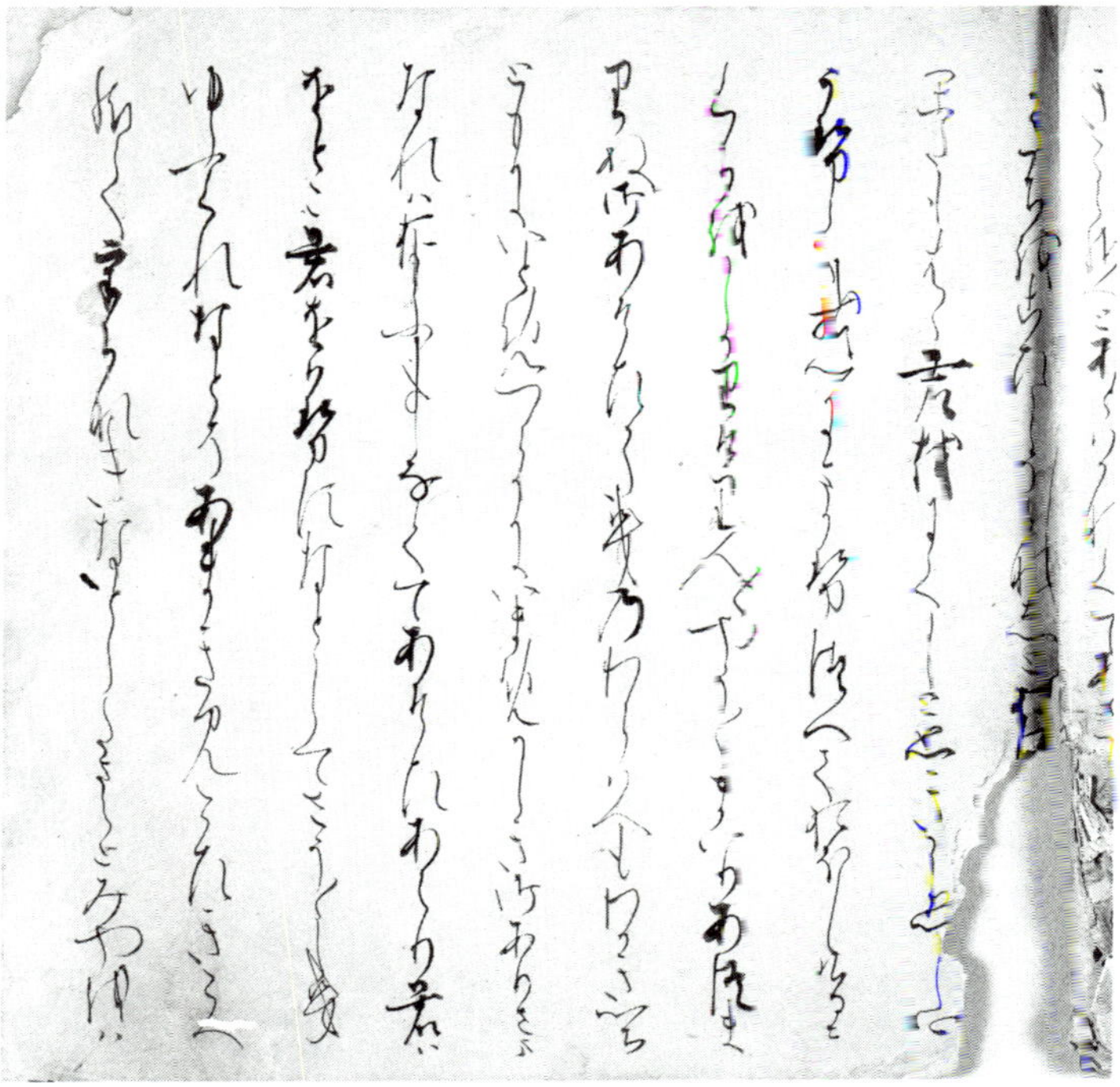

［106］継母の北の方は　紫の上を意のままにできなくなったのを残念がる　【一九四/209:055584】

可多ちを・古ひしう・可那志と・おま■(破損)・■(破損)・■

閑多も・者ゝ【君】越・尓くしと・【思】・きこゑし・【心】・

う勢て・【我】・【心】尓・ま可勢徒へ(ママ)て・お本し个る二

［107］紫の上は尼君を慕って泣く時があるものの、光源氏にもなれ親しむ　【一九四/210:055597】

くち越し可里个里・*類(削)【人】く・やうく・まいり・あ徒ま

里ぬ・【御】あそひ可多きの・わら八へも・わ可き・【心】ち

とも尓・いと・免つら可尓・いま免可しき・【御】ありさ万

なれ八・おもふ・【事】・なくて・あそひあえり・【君】八・

をとこ【君】・を八勢須なとして・さうくしき・

ゆふくれなとそ・あまき見・こひ・きこへ・

【給】て・うち那きなと・し・多万えと・みや越八・

」65オ

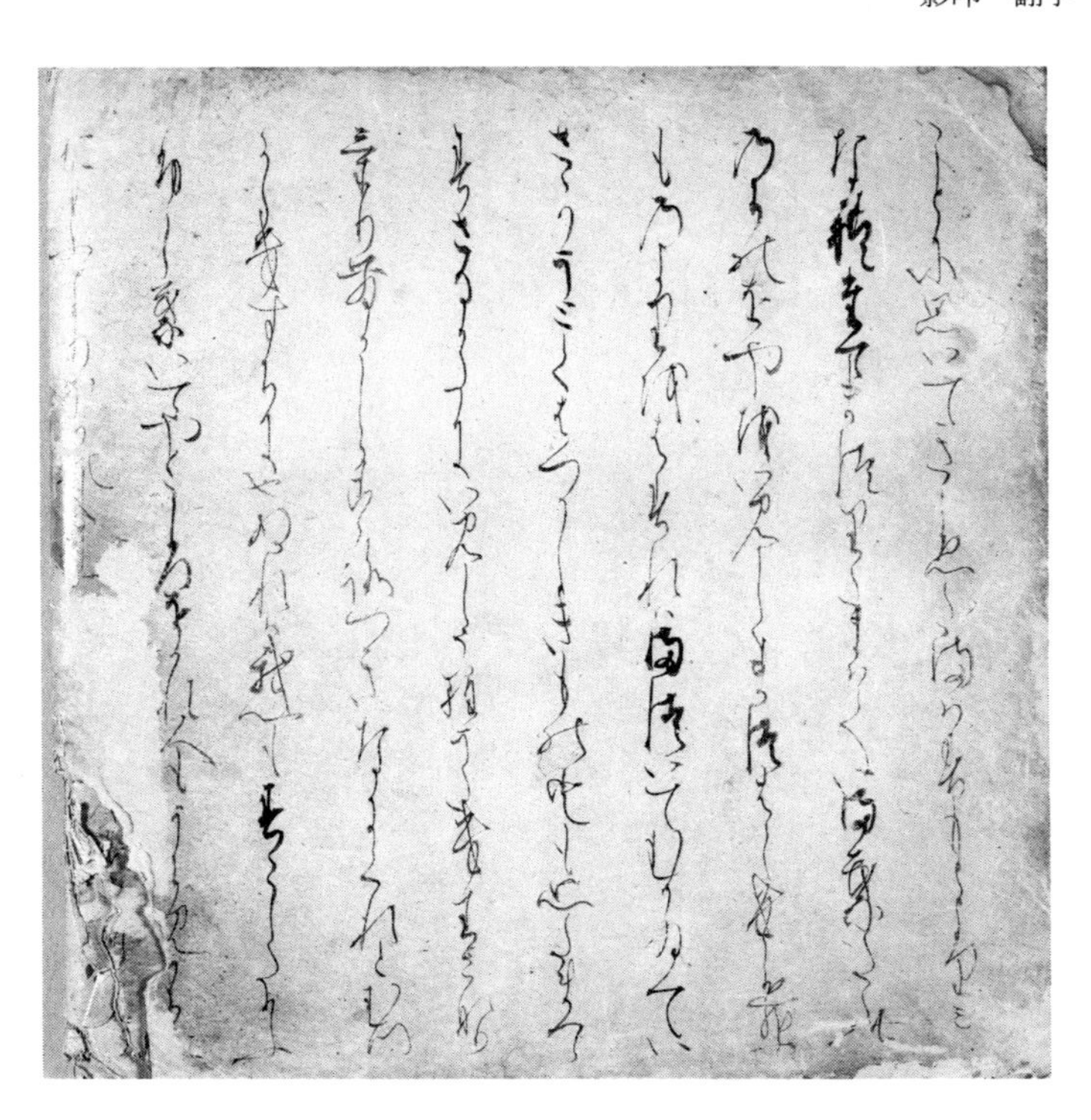

こと尓・【思】いて・きこゑ・多満八春・もとよ里・三
なれ・堂てま徒里・多ま八て・い満葉・多ゝ・【此】・
のち能・をや越・い見しく・ま徒者し・きこゑ・【給】ふ・
[108] 光源氏は、かわいらしい紫の上を「風変わりな秘蔵っ子」だと思う【一九五/211:055646】
ものよ里・越者春れ八・満徒・いてむ可ゐ(ひ(削))*て・い
さゝ可・うとく・者つ可しき・も能登も・【思】・多まへら
春・さる・可多尓・い見しう・羅う多き・王さ那り
気り・散可しら・古ゝ路つき・な尓くれと・むつ
可しき・すち尓・【也】ぬれ八・【我】・【心】も・春こし・多可ふ・
布し葉・いてやと・こゝろ・を可れんも・うら見可ちに(破損・判読)・
おもふより・本可能・【事】・△■(剥落・破損)…■

（以下落丁）　」65ウ

（断片）■可しきも■…

解説

橋本本「若紫」の古写本としての実態

伊藤鉄也

はじめに

国語学者の橋本進吉（一八八二〜一九四五）旧蔵で、鎌倉時代中期に書写された『源氏物語』（以下「橋本本」と略称）は、平成一六年春に国文学研究資料館の所蔵［88・22］となった。

伝為家筆とされる「若紫」（墨付65丁）、「絵合」（墨付2丁）、「松風」（墨付24丁）、「藤袴」（墨付12丁）の四冊には、すべてに落丁がある。その中でも「若紫」は最後の折の第一紙（2丁4頁分）を欠くもののその損失は少なく、貴重な本文を伝える古写本である。「残欠本ではあるが、鎌倉時代に、どのような形の『源氏物語』が読まれていたのかが窺い知られる、貴重な資料である。」（『源氏物語　千年のかがやき　立川移転記念　特別展示図録』九三頁、国文学研究資料館編、思文閣出版、平成二〇年）と言われるように、鎌倉時代に書写された『源氏物語』の現存本が少ない中で、受容史の上からも貴重なものといえよう。

本書の存在を最初に言及した資料は、『源氏物語展観書解説』（東京帝国大学国文学科、於東京帝大山上会議所、昭和一二年二月七日（日））である。これは、『もっと知りたい　池田亀鑑と「源氏物語」　第2集』（伊藤鉄也編、新典社、平成二五年）に「復刻　源氏展目録二種」として、『源氏物語に関する展観書目録』（昭和七年）とともに掲載しているので、容易に確認できるものとなっている。昭和一二年に配布された『源氏物語展観書解説』の「一部　本文」において、「(三) 別本系統の諸本」を列記する中の一八番目で、池田亀鑑は次のような説明を記している。

一八　若紫巻絵合巻松風巻藤袴巻　三帖（ママ）　筆者未詳　橋本進吉氏蔵

筆者不明なれども、世に為氏流と称するものに類せり。鎌倉時代の書写に係る。若紫巻は、巻首より数葉は大体に於て青表紙本の本文の如くなれども、次第に河内本の要素を加へ、又その両者にあらざる別箇の本文をも有す。所々青表紙本とおぼしき一本を以て校合せり。なほ絵合巻、松風巻、藤袴巻等は大体に於て青表紙本と見えたり。

（一二頁）

この本について、『源氏物語大成　研究資料篇』（中央公論社、昭和三一年）及び『源氏物語事典』（東京堂、昭和三五年）では、「橋本博士蔵伝為家筆若紫巻」として紹介されている。また、『対訳源氏物語講話　若紫』（島津久基、矢島書房、昭和二二年）にも「橋本本」として言及がある。

ここに橋本本「若紫」を影印刊行したことにより、国文学研究資料館に収蔵された本写本の実態が明らかになる。橋本本の本文は、いわゆる青表紙本でも、河内本でもない本文を伝えているとされる、非常に興味深いものである。

この本文の性格に関する詳細な検討は、拙稿「若紫巻における異文の発生事情―傍記が前後に混入する経緯について―」（『源氏物語の展望　第一輯』森一郎・岩佐美代子・坂本共展編、三弥井書店、平成一九年）を参照願いたい。

一、古写本としての橋本本「若紫」

鎌倉時代の古写本としては、すでに『ハーバード大学美術館蔵『源氏物語』「須磨」』（伊藤鉄也編、新典社、平成二五年）、『ハーバード大学美術館蔵『源氏物語』「蜻蛉」』（伊藤鉄也編、新典社、平成二六年）、『国立歴史民俗博物館蔵『源氏物語』「鈴虫」』（伊藤鉄也・阿部江美子・淺川槙子編、新典社、平成二七年）で、容易にその本文の姿が確認できる。また、中山本（国立歴史民俗博物館蔵）もある。これは、すでに『復刻日本古典文学館』（日本古典文学刊行会、昭和四六〜四七年）の一つとして複製刊行されている。さらに、『国立歴史民俗博物館蔵　貴重典籍叢書　文学篇　第十七巻《物語2》』（伊井春樹監修、臨川書店、平成一二年）でも確認できる。ただし、これらの本文は『源氏物語』の基本文献とされる『源氏物語大成』には、校合本文として採択されていない。『源氏物語大成』の「校異源氏物語凡例」に「原稿作成ノ都合上、昭和十三年以後ノ発見ニ係ル諸本ハ割愛シタ。」（五頁）とあるためである。

『源氏物語大成』の「若紫」では、池田亀鑑による分類基準の一つである「別本」として採択された写本はない。『源氏物語大成』に採択された諸本名をあげる。

【青表紙本】御物本・大島本（底本）・横山本・榊原家本・池田本・肖柏本・三条西家本

【河内本】七毫源氏・高松宮家本・尾州家本・大島本・鳳来寺本

このことを踏まえて、『源氏物語別本集成　第二巻』（伊井春樹・伊藤鉄也・小林茂美編、桜楓社、平成元年）においては、陽明文庫本や中山本を採択して校合した。さらに『源氏物語別本集成　続　第二巻』（同編、おうふう、平成一七年）では、橋本本を校異資料として採択したことにより、独自異文などの実態が確認しやすくなったはずである。諸本間の位相についても、見通しがよくなってきている。『源氏物語』の本文研究の環境は、少しずつではあるが整いつつあるといえよう。ただし、それらの翻字は従来の平仮名に限定してのものであった。現在は「変体仮名翻字版」という、仮名文字の字母レベルに立ち戻っての正確な翻字を目指して取り組んでいる。本書は、その取り組みの成果の一つとなるものである。

橋本本「若紫」は列帖装で、一七・八×一六・八センチメートルの大きさの枡形本。料紙は厚手の鳥の子で、共紙表紙に外題が「王可むらさき」と直書き。一括り五紙の七括りで綴じられている。ただし、第七括り目は第一紙が欠脱し、第二紙の後ろがほとんど欠落している。凡例の(15)でも指摘しているように、本書には、巻末丁(66丁)以降に落丁がある。66丁表の1行目の数文字だけは断片として残存しており、「可しきも」と読み取れる状態である。この断片は、本書が列帖装であることに起因する、偶然の残存物といえる。詳しくは後に述べる。

橋本本「若紫」は、「絵合」「松風」「藤袴」と一緒に和紙に包まれた状態で保管されている。その包み紙には、「古写本源氏物語零巻」と達筆で記してある。また、「脱落せる箇処」と題するメモ書きが一葉添付されており、写本の各巻にはメモを記した帯が巻かれている。

「脱落せる箇処」の「若紫」の項には次のように記されている。

若紫

「出させ給」の次「〜を心ぅく」の前　一丁

「□かしきも」の余　一丁　一枚

裏表紙　一丁

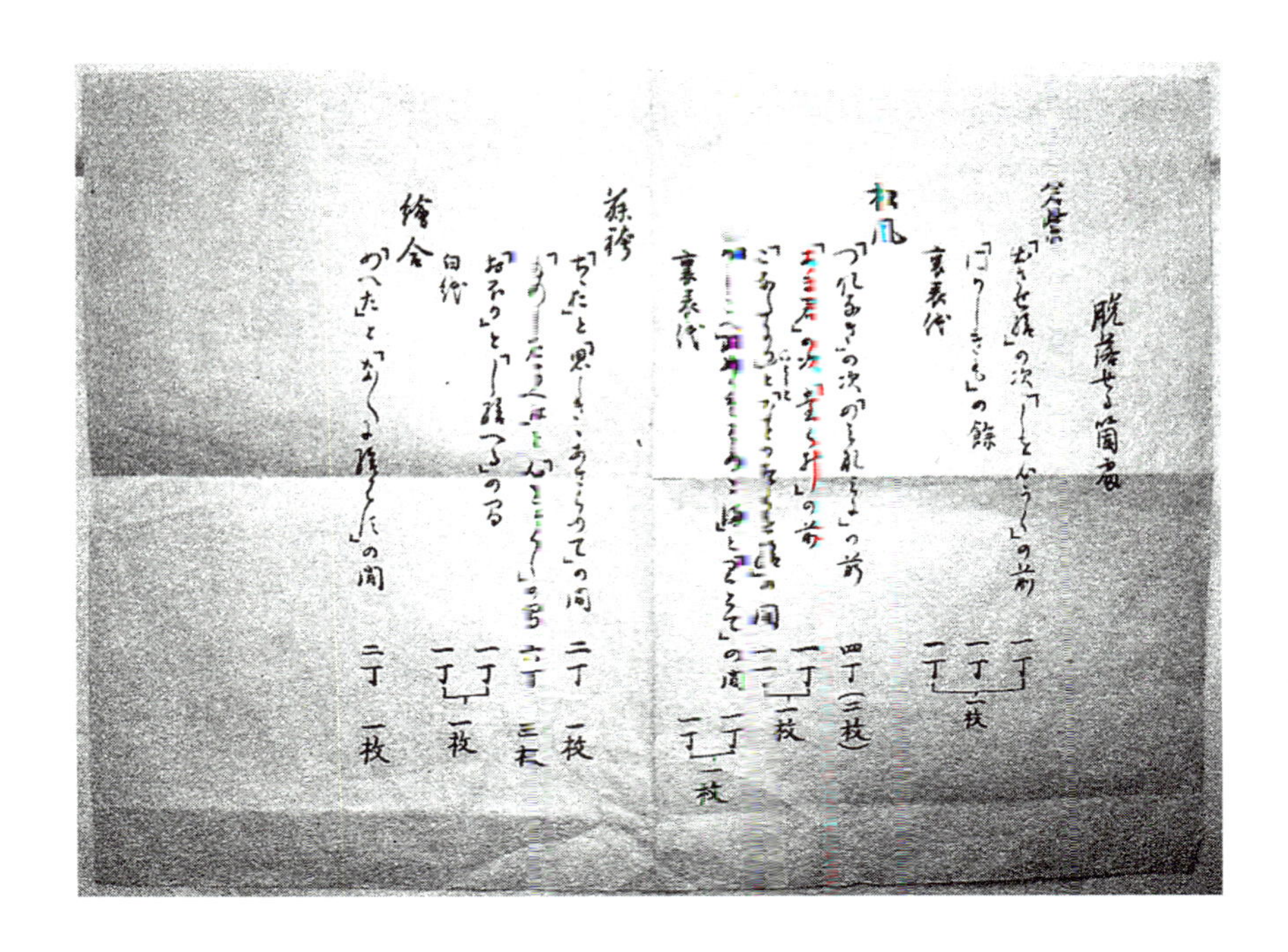
脱落せる箇處
松風
裏表代
四丁（二枚）
一丁
一枚
藤袴
二丁
一枚
六丁
三枚
白紙
絵合
二丁
一枚

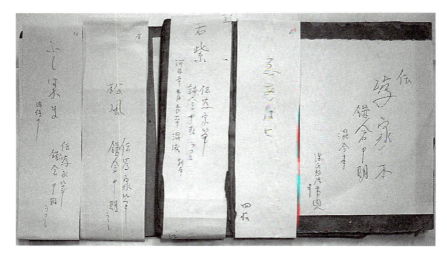
若紫
松風
伝
鎌倉中期
混合本
四枚

これは的確な指摘である。ここで脱落している本文に関して、同時代に書写された池田本で補うと次のようになる。

■58丁裏と59丁表の間にあったと思われる本文を池田本で推測

［『源氏物語別本集成　続』054917～055008］

（橋本本58丁裏「～いてさ勢・【給】」まで現存）へると・【物】の・堂よりと・おもひて・いふ・【宮】へ・わ多らせ・【給】へ可なるを・その・佐き丹・き古え越可んとてな無と・の【給】へは・な尓【事】尓可・【侍】らむ・い可尓・八可〳〵しき・【御】いらへ・き古え佐せ・多満八んとて・うちわらひて・井堂里・き三い里・【給】へ半・いと・閑多八らい堂く・うちと遣て・あやしき・布る【人】とも能・【侍】尓と・き古え佐寿・ま多・おとろい・【給】八しな・いて・【御】免・佐まし・き古えむ・閑ゝ類・あさき里越・志らて八・ぬる【物】可とて・い里・【給】辺は・やとも・えき古え須・き三は・なに【心】も・なく・ね・【給】へる越・い多きおと路可し・【給】尓・おとろきて・【宮】の・【御】むかへ尓・お八し堂ると・ねおひ連て・お本志堂里・【御】くし・閑き徒くろ飛なと・志・堂まひて・いさ・【給】へ・【宮】の・【御】つ可ひ尓て・万い里き徒るそと・能【給】尓・阿羅佐里遣りと・あきれて・おそろしと・【思】日堂れ半・あな・【心】ぅ・満ろ裳・おなし・【人】そとて・閑きい堂きて・いて・【給】へ半・堂い婦・【少納言】なと・古は・い可尓と・き古ゆこゝ尓半徒ね尓も三満いらぬ可お本徒可な遣れ半・【心】やすき・【所】尓と・き古え（池田本56丁裏～57丁裏）（橋本本59丁表「し越・【心】ぅくて～」より現存）

■66丁表にあったと思われる巻末部の本文を池田本で推測

［『源氏物語別本集成　続』055687～055706］

（橋本本65丁裏「～本可の・【事】」まで現存、池田本「をのつから・いてくるを・いと」までの当該本文が破損により欠脱、

〔可しき・も〕が断片として現存）お〔可しきも〕てあそひなり・むす免なと・は多・可者可り尓・なれ半・【心】や寿く・うち布る満ひ・へ多て・なき・佐まに・布志おきなとは・えしも・す満しき越・古れ半・いと・さ満・閑八里堂る・閑し徒きくさな里と・おほ八堂免里（池田本65丁表・65丁裏）

二、本文を分別すると

池田亀鑑は、『源氏物語』の本文を、〈青表紙本・河内本・別本〉の三つに分類した。しかし、この諸本分類の基準については、近年さまざまな形で問題点の指摘がなされ、今は再検討の時期に入っている。阿部秋生の『源氏物語の本文』（岩波書店、昭和六一年）以来、『源氏物語』の本文はその足元がすでに不安定な状態となっている。

私は、〈河内本群〉と〈別本群〉という二分別の私案を経て、現在は〈甲類〉と〈乙類〉という二分別の試案を提示している（拙著『源氏物語本文の研究』おうふう、平成一四年・「源氏物語本文の伝流と受容に関する試論―「須磨」における〈甲類〉と〈乙類〉の本文異同―」『源氏物語の新研究―本文と表現を考える』横井孝・久下裕利編、新典社、平成二〇年、所収）。その視点で「若紫」を通覧すると、ここでもきれいに二つに本文が分かれる姿が確認できる。

これらの諸本の関係を大まかに理解するために、一例をあげておく。

例えば、「若紫」の中で光源氏のことを「源氏の君」とするものと「中将の君」とするものがあるように、二種類の写本が伝わっていることが確認できる（諸写本の略号の説明は省略）。

源氏の君も［橋＝中天］…………053160-000

源しのきみも［尾］

源氏君も［陽］
源氏のきみも［高］
中将のきみも［大池日伏］
中将君も［麦阿穂］
中将の君も／＝源［御］
中将の君も［国保平］
中将の君も／＝源ノコト［肖］
ナシ［釈］

「源氏の君」とするのは、私案による〈甲類〉に属する［橋陽中天尾高］であり、「中将の君」とするのは〈乙類〉に属する［大池日伏麦阿穂御国保平肖］である。この例は、「若紫」が〈乙類〉と〈甲類〉に二分される、その傾向が容易に見て取れるものである。

ただし、橋本本は〈乙類〉と〈甲類〉の両方の要素を兼ね備えた本文を伝える写本である。それは、中山本についても言える。それぞれの本文のありようとその性格は、諸本との本文異同を確認する中で検討することになる。これが、今後の課題である。

三、削ってなぞられた文字

橋本本「若紫」の原本を精査してわかったことを、以下にいくつか報告する。

橋本本には、文字を削ったり、そのまま上からなぞっている箇所が無数に確認できる。58丁表の6行目に、「多つねいて・堂万へらん」とある。その「堂万へらん」という箇所は、国文学研究資料館が撮影した写真によると次のようになっていた。本書では、その写真を使っている。

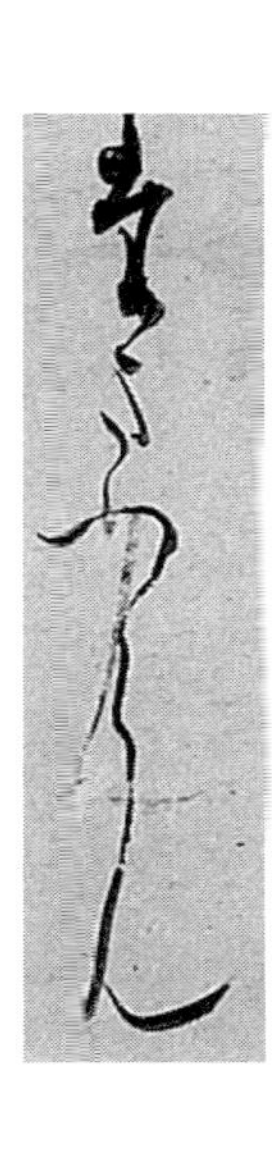

この「へ」に「ふ」のようにも見えるので、「堂万ふらん」かとも思われる。しかし、私が調査を終えた諸本一六本の中に、「ふ」とする写本は一本もない。実際にこの部分を拡大装置を用いて接写して確認すると、次のようになっていた。

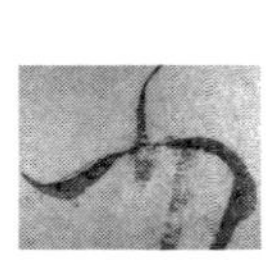

これをよく見ると、横に引かれた線の「へ」は、その下に見える縦線二本の墨の濃淡とは明らかに差がある。料紙に墨が乗っている状態から見ても、後に書かれたものであり、なぞることによって書写した本文を訂正しようとするものであることがわかる。ここは「堂万八ん」と書いた後、「八ん」を刃物等で削り、その上から「へら」となぞり、続けて「ん」を書いているのである。

影印本や写真ではよく見えない箇所でも、実際に原本を見て、さらにこうした道具を活用すると、書かれた文字の実態が明確になり、より正確な翻字ができるのである。

四、なぞられた文字から本文の二分別に及ぶ

58丁表の6行目には、前節で取り上げた「多つねいて・堂万へらん」に続けて、「いと・春ゝろ尓（改行）」とある。この行末に書写された「春ゝろ尓」という箇所には、二つのなぞりが確認できる。

まず、「春ゝろ尓」の「春」とある文字では、その文字の下に「そ」が隠れていることが精細な写真からもわかる。「そ」と書いた後、その上から「春」をなぞっているのである。

行末の「尓」にも、なぞりが確認できる。

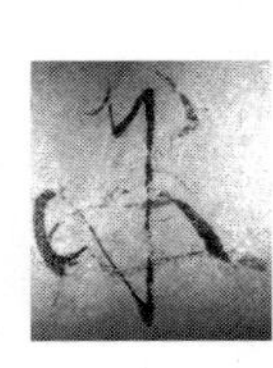

ここでは、「八志」と書いた文字を紙面から削り、その上に「尓」と書いている。つまり、「いと・そゝろ八志」と書いて改行する時に、「そ」の上に「春」をなぞって書き、「八志」という二文字については、削った後に大きく「尓」と書いているのである。こうして、最終的な文字は「春ゝろ尓」となる。

このようになぞった原因としては、次の行が「者し多那可るへき」と続くことから、次の行頭の「者し…」の「hasi」という音が書写者の意識に残っていたことが考えられよう。

古写本では、行末や丁末にケアレスミスが多発する。それは、親本を手で書き写しながら、目は次の行や次のページに移っているからである。書写する人の気持ちは、次へ次へと流れていっているので、改行や改丁という物理的な変化が、書写者のミスを誘発する。先を見る視線の移動と、筆で文字を書く手の動作とが、この行末や丁末においてズレが生まれることになる。

書かれている本文に立ち入って、もう少し詳しく説明しよう。

私がこれまでに「若紫」で翻字した一一六の写本の本文を較べると、次のような本文の異同が確認できた。ただ「変体仮名翻字版」のデータベースが出来ていないので、非常に不正確ながらも従来の現行平仮名だけを使った翻字による校合結果を示す。（このような問題を考える時には、変体仮名の使われ方がわかる「変体仮名翻字版」で校合できる日が待ち遠しく思われる。）

いと［橋＝尾中陽高天］…………054849
ナシ［大麦阿池御国肖日穂保伏］
すゝろに／そ&す、はし〈削〉に［橋］…………054850
すゝろに［尾中陽高］
はしたなう［大麦阿池御国肖日穂保伏］
心に［天］
はしたなかるへきをと［橋＝尾中陽高天］…………054851
すゝろなるへきをと［大麦阿池御肖保伏］

すゝろなへきをと［国日］
そゝろなるへきおと［穂］

「いと」をはじめとして、これらの異文を見ると、橋本本と同じ「いと・すゝろに・はしたなかるへきをと」という本文を伝えるのは、［橋尾中陽高天］の六本であることがわかる（［天］の「心に」は少し違う性格を持つ）。もう一つは、［大麦阿池御国肖日穂保伏］グループの「はしたなう・すゝろなるへきをと」である。今、煩わしくなるので、諸本の略号の説明は省略する。ここからだけでも、本文が二つに分かれることがわかる。

池田亀鑑が提示した、『源氏物語』の本文を〈青表紙本・河内本・別本〉の三つに分類したことの継承は、あらためて再検証すべきである。日本の古典文学作品の中でもよく読まれる『源氏物語』において、その基礎的研究とでもいうべき本文研究は、非常に遅れている。八〇年近くもの長きにわたり、停滞ではなくて停止しているのである。

大島本が微に入り細にわたって読まれ続けている。しかし、大島本には独自異文が多いこともよく知られている。我々は、いったい今なにを読んでいるのか、ということを自覚する必要がある。この大島本が、現状では『源氏物語』を理解する唯一の本文となっているので、この研究環境は基本的なところから整備する必要を痛感しているところである。その背景には、池田亀鑑が成した仕事の大きさが横たわっている。これを私は、膨大な資料を駆使した圧倒的な仕事量からの呪縛だと思っている。と言いながら、もう三〇年が過ぎようとしている。

さて、池田亀鑑は『源氏物語大成』の「校異源氏物語凡例」で、「原稿作成ノ都合上、昭和十三年以後ノ発見ニ係ル諸本ハ割愛シタ。」（五頁）と言っていた。このことから、『源氏物語』の本文を〈青表紙本・河内本・別本〉の三つに分類できるのは、昭和一三年までに確認された『源氏物語』の本文資料を整理した場合にのみ適用できることだといえるのである。この認識は、今の『源氏物語』を読んで考える上で重要なことであろう。読解し受容するための基準となる本文を何にするのか、という問題に直面するからである。

　昭和一三年以降になると、さらに多くの写本が見つかり、さまざまな本文が紹介されている。今ここで取り上げている橋本本「若紫」も、池田亀鑑は昭和一二年までに見ている。しかし、本文の精査はしていないと思われる、鎌倉期の写本である。昭和一三年以前に池田亀鑑が確認した写本だけで『源氏物語』の本文のことを考えるのは、もうやめた方がいい。今年は平成二八年なので、八〇年前のモノサシで今の『源氏物語』の本文を考えるのは、とにかく生産的ではない。〈青表紙本・河内本・別本〉という分別が、解説などで重宝がられて便利に使われている。しかし、これは不正確なモノサシで『源氏物語』の本文を見ることなので、大いに問題だと思っている。

　再度、橋本本「若紫」に書写された本文をみよう。

「いとすゝろにはしたなかるへきをと」の「すゝろ」ということばに対して、「はしたなうそゝろなるへきおと」と「そゝろ」ということばが穂久邇文庫本に書かれている。天理河内本の「心に」も、単なる誤写ではないのかもしれない。橋本本が最初に「そゝろ」と書いたのは、こうした本文が伝わっていたことが関係していたことも想定してよい。親本にそうしたメモとしての注記があったことなどが推測できる。最初に書かれた「そゝろ」や「こゝろ」という文字列は、書写者の単純なミスとするのではなく、根拠のあるミスだと考えていいだろう。

　また、「はしたなう」ということばが「すゝろ」よりも前に出る、語句が転倒した本文を、橋本本とは別のもう一つのグループが伝えている。このことについても、その意味をよく考えていきたい。現在一般的に読まれているのは、大島本によって作られた校訂本文だけである。その大島本は、この橋本本とは対極にある、もう一つのグループに属している。

「八志」と書いた文字を刃物を使って紙面から削り、その上に「尓」と書いている。これも、「はしたなう」に続く書写文字の影響があると考えられる。実際に、次の行頭のことばが、その直前の行末に先取りして書かれることはよくある。目と手が異なる動きをすることによる、混乱から生じた書写ミスなのである。この「すゝろ」と「はしたなう」ということばが入れ替わっていることに関して、私は傍記の本行への混入によって異文が発生する、ということを考えている。ただし、このことは煩雑になるので、また別の機会にしたい。

いずれにしても、本文が二つに分かれる中でこの橋本本を読むということは、大島本とは異なることばが散見する橋本本という新たな『源氏物語』を読むことになる。これまでは、大島本の校訂本文しか提供されていなかったので、その大島本しか読めなかった。というよりも、活字で公刊された大島本の校訂本文だけを、一般には読んでいたのである。しかし、こうして、また別の本文で語られる『源氏物語』を読む楽しみが出てきた。これは、文学の受容の問題としても、おもしろいことだといえよう。

ここで取り上げた橋本本のなぞりを手掛かりにした本文異同の諸相は、興味深い問題を投げかけてくれる事例となっている。

なお、現在私は、『もっと知りたい　池田亀鑑と「源氏物語」』（新典社、平成二三年より第3集まで刊行）というシリーズを編集している。第3集は本書と同時期に刊行される。池田亀鑑の顕彰をしながら、こうして池田亀鑑の本文分別に異論を唱えているのである。学問というのは、対立するのではなくて共存する中で、さまざまな展開を見せるもののようである。異なるベクトルを我が身に抱え込んで、いろいろと試行錯誤を楽しんでいるところである。

五、破損箇所の文字を推測

橋本本「若紫」の後半には、綴じ目の一部に大きく破損した箇所がある。その中でも、微かに読める部分は、最大限の方策を尽くして読み取るようにした。

国文学研究資料館からいただいた画像データで、61丁裏と62丁表の見開き下の部分を例にあげて確認しよう。左の画像を右側から左へと翻字すると、下段のようになる。文字が欠脱していて推測する手だてがまったくない場合は、■を使って示している。

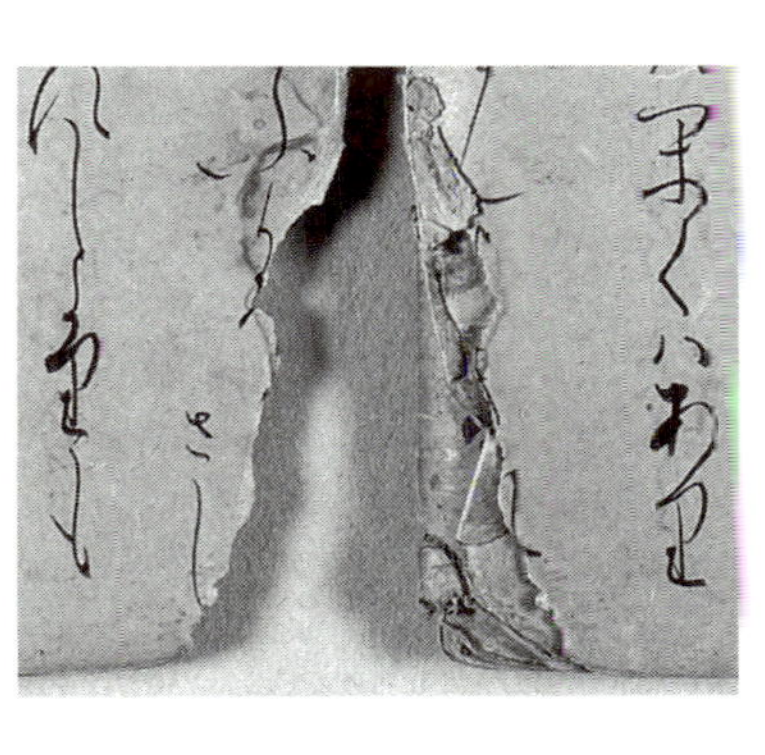

〜閑く八あ里
〜ん△△■

〜ふ可△■…■
さし
〜ひしよ里も

右から2行目を無理やり読めば、「ん」の次が「よ」の頭らしく見える。その次は「き」の右半分、その次は「れ」の右側のように見える。

欠けている文字の境界を確認すれば、さらにこの文字が推測しやすくなるはずである。

この箇所の破損状況がよくわかるようにするために、実見による調査の際、裏に白紙を差し入れて背景をなくして際立たせてみた。

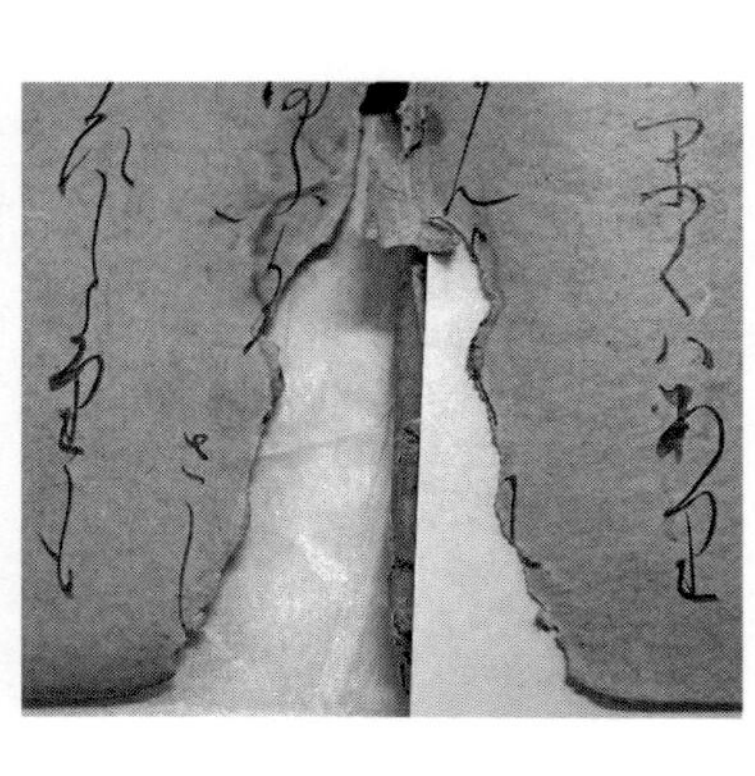

これで、破損箇所のありようが明らかになった。そして、微かに残った文字の残存部分から、書かれていた文字がより正確に推測できるようになったのである。

さらに、この箇所での諸本の本文を確認することにより、それがさらに明確になる。手元の翻字本文資料で確認したところ、右から2行目下の諸本はすべて「よきなと」（陽明文庫本だけは「よきなんと」）となっている。橋本本のこの破損箇所は、「よき那と」と書かれていたと思われる。

次に、その左丁1行目下の諸本の本文異同をあげる。

かほ■…■／ほ〈判読〉［橋］…………055301

かほかたちは［尾中高天］
御かたちは［大麦阿池御国日穂保伏］
御かたちは／＝ミ［肖］
御かほかたちは［陽］
さしはなれて［橋＝大中麦阿陽池御首日穂保伏高天］…………055302
さしはなれて／△〈削〉れ［尾］
さしはなれて／は〈攷頁〉［国］

ここでも、「若紫」の本文は二つにしか分別できないことがわかるはずである。そのことは今は措き、破損箇所の推測を続ける。

橋本本の破損箇所は、同じグループ［尾中高天］が伝える「かほかたちは」だったと思われる。もう一つのグループ（現在の流布本となっている大島本等）の「御かたちは」ではない、ということである。ここからも、この橋本本は現在流布する大島本による本文とは異なることばを伝える写本だったことがわかる。

行末の左側に「さし」が書き添えられている。これは、次に続く「さしはなれて」の語頭の部分を、親本通りに一行目に書写しようとしたために、左横にはみ出して書かれたものである。それだけ、この写本は親本に忠実に書写しようとする姿勢が見られるものだといえよう。

こうしたことを勘案すると、ここは、次のように書かれていたことが判明する。

閑く八あ里
んよき那（判読）■

ふ可本（判読）■…■
　　さし
ひしよ里も

この箇所では、白紙を差し込むことで、新たに文字が読めるようになることはなかった。

麦生本（天理図書館蔵）は膨大な虫食いがある写本であり、穴から下の文字が見えるために、写真資料だけでは線が重なって別の文字に読めたりした。そこで、図書館の司書の方の手を煩わせて、薄様等を差し入れて読んだことを思い出す。麦生本などの翻字において、影印資料だけではとんでもない翻字をすることがある、という経験をしたので、この橋本本でも慎重に対処した。幸いなことに、そうした微妙な判断を伴う例はなかったことに安堵している。

六、傍記の削除から見えるもの

橋本本「若紫」は、書写の過程や書写後に、丹念な削除による本文の補訂をしている。本行はもちろんのこと、傍記にもその跡が数多く確認できる。

まず、1丁表の5行目にある例をあげる。

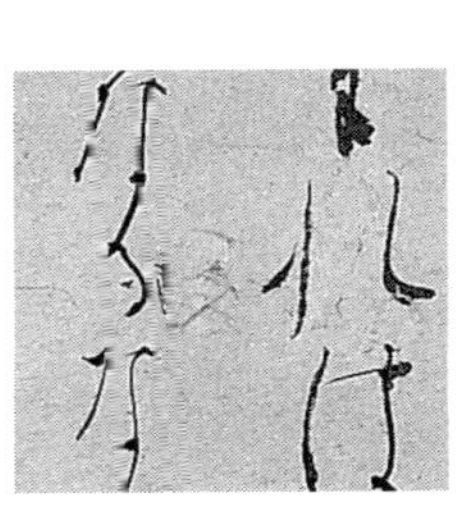

この行間で、一文字が擦り消されていることがわかる。ここは、「〜き堂【山】なるな尓可しこ」と書写しているところである。この「る」にミセケチ記号である「ミ」を付け、この右に「む」かと思われる一文字が書かれていたようである。ここで、後筆が「む」であったのではないかと思うのは、紙面を削った跡の繊維を目で追うと、「む」のように見えるからである。

この箇所を拡大装置を取り付けたカメラで撮影すると、次のような画像が得られた。

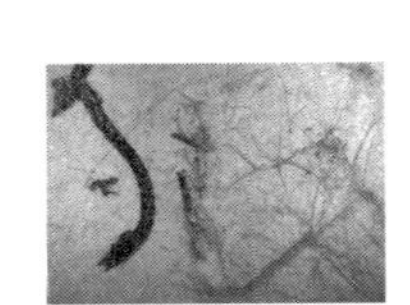

残った墨痕と削られた繊維の流れから、ここに書かれていたのは確かに「む」であることがわかる。さらに、ミセケチ記号の「ミ」は削除されていないこともわかった。

参考までに、諸本と本文を較べておこう。

確かに、「北山なる」と「北山になむ（ん）」の二種類の本文が伝わってきている。そして、橋本本は「北山なる」

のグループに属する本文を伝承している。私が〈甲類〉とするグループである。流布本として読まれている大島本とは異なるグループである。

きた山なる［尾高］
北山なる［天］
きた山に［中］
きた山になむ［大肖］
きたやまになむ［保］
北山になん［麦阿］
きた山になん［陽御国穂］
きたやまになん［池日伏］

書写者あるいは校訂者は、「き堂【山】なる」と書き、その後、「る」をミセケチにして異文である「む」と傍記して、「き堂【山】なむ」という本文に補訂したようである。しかし、どうしたことか、傍記の「む」を後で削除することになった。

ここは、本文を書写した時点での本文訂正や校訂ではなくて、書写後に他本で本文を校訂したか、親本の書写状態をそのまま写し取った、しかしそれを不要と判断したものかと思われる。書写者ではなく、校訂者の判断が入っている箇所であろう。また、削除した文字の一部が残っていることと、ミセケチ記号に削除の手が入っていないので、補訂が不徹底なままに放置されている例ともなっている。

本書の削除は徹底的に削る傾向がある。書写し始めてすぐのことでもあり、後の人の手ではないかと思っている。

次は、11丁裏の8行目にある例である。

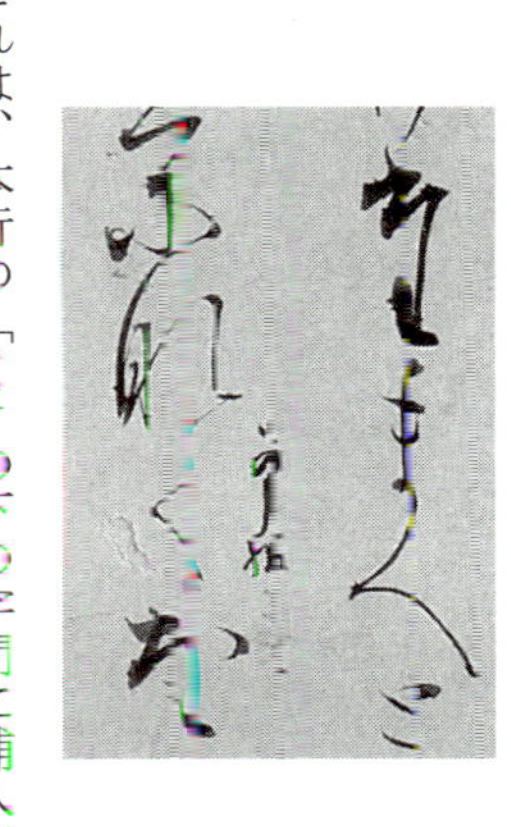

これは、本行の「く」の下の字間に補入記号の「。」を付した上で、傍記として「ものし給」と書かれているところである。ここをよく見ると、傍記の「給」の下に文字が削除されたかと思われる、紙面の乱れが認められる。

拡大装置で写真を撮ると、次のようになっていることがわかった。

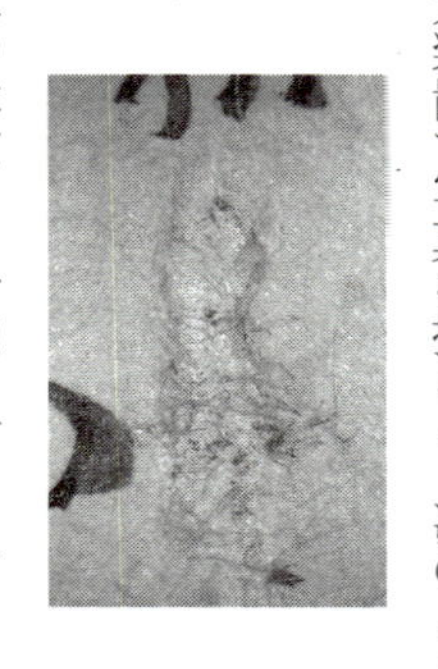

諸本の本文とも対照させると、ここで削られた文字は「こ楚」であることが判明する。そう思ってみると、確かに残っている墨痕と削られた繊維の流れから、そのような文字が浮かび上がる。ただし、私が現在までに確認した一七本すべてに「こそ」があるので、橋本本がこの「こそ」を削除している意味は不明である。

橋本本「若紫」には、こうした本文を補訂するために紙面を削った痕跡が無数にある。この写本がどのようにして書写され、どのような訂正の手が入ったものかを、こうしてなぞられた箇所から推測することを、これからも時間をかけて点検し確認していきたい。それによって、書写や校訂された現場の再現が可能になると思うからである。

おわりに

写本が書写されるその裏側で、その時代の人がどのように関わってきたのかは、非常に興味深い問題を提示してくれる。特に、なぞられた箇所は、書写者や校訂者の強い意思を伴った営為が読み取れるので、本が写された時代の人々のありようを探求する上で、貴重な情報や読み解く資料がもらえる。

私はまだ、興味のおもむくままに写本の背景を想像して楽しんでいるレベルである。しかし、こうした訓練を続けていると、いつか書写者に、この写本で言えば鎌倉時代の人と気持ちが通じるのではないかと、それを楽しみにして読み続けているところである。物語の内容と共に、写本を書き写している人とも対話を楽しんでいるのである。

ここで紹介した例と説明は、ささやかな本文異同の検討を通してのものであった。しかし、この確認は諸本における本文の異同を考える時に、大きな影響を及ぼすことになるはずである。今後は、削られた文字や傍記されている字句はどのような性格のものなのかを、さらに検討していこうと思っている。また、それはどのような事情で記されたものなのか、ということにまで発展させていきたい。これは多分に、次世代の方々との共同研究となることであろう。

古写本と対面しながら、こうした問題意識を膨らませ、古典を読む楽しみを拡げているところである。

編集後記

本書は、『ハーバード大学美術館蔵『源氏物語』「須磨」』（平成二五年）、『ハーバード大学美術館蔵『源氏物語』「蜻蛉」』（平成二六年）、『国立歴史民俗博物館蔵『源氏物語』「鈴虫」』（平成二七年）に続く、鎌倉期古写本の影印資料シリーズの四冊目となるものである。いずれも、写本を読む楽しさを共有できるテキストとなれば、との思いから編集し続けているものである。

本書との出会いは、国文学研究資料館に収蔵されてすぐの平成一六年に、室伏信助先生（跡見学園女子大学名誉教授）とご一緒に閲覧した時であろう。この「蜻蛉」は、一時期は室伏先生のお手元にあったため、数十年ぶりのご対面の場となったのである。先生は、この本が棚にあった時には『源氏物語』の本文に興味や関心がなかったので、と当時を振り返りながら感慨深げに話してくださったことが思い出される。こうして身近にあるのだから、君もじっくりと本文を調べて、あらためて報告してください、とおっしゃったことばが忘れられずにここまで来た。あれから十数年が経過した今、遅ればせながら室伏先生に影印本としてではあっても、直接本書をお手渡しできることを嬉しく思っている。

変体仮名を字母に忠実な翻字で表記する、自称「変体仮名翻字版」という形式で刊行するのは、前著『国立歴史民俗博物館蔵『源氏物語』「鈴虫」』に次いで二冊目となる。この翻字のよさは、今後の利活用によって認められるものだと確信している。手元の三五万レコードの翻字データベースも、この「変体仮名翻字版」に置き換えつつある。正確な『源氏物語』の本文データベースを次世代に手渡すことを一義に、臆することなく山を移す覚悟で取り組んでいるところである。

本書の翻字資料作成と編集にあたっては、国文学研究資料館の淺川槙子プロジェクト研究員による的確な対処に負うところが多い。すでに構築したデータベースを元にした作業とはいえ、「変体仮名翻字版」への再構築は思いのほか手間と時間を要するものとなった。いつものことながら、字母に正確な翻字を行うことは、気力と体力が求められるものであることを実感している。

引き続き、橋本本として残っている「絵合」「松風」「藤袴」の残欠三巻の編集に入っている。本書の姉妹編ともなるものであり、併せて有効な活用がなされることを楽しみにしている。

影印画像と原本の熟覧にあたっては、国文学研究資料館の担当部署の方々のご理解とご協力をたまわった。あらためてお礼申し上げる。

平成二八年一〇月一日

編者を代表して　伊藤鉄也

《編者紹介》

伊藤 鉄也（いとう てつや）
1951年生まれ。国文学研究資料館・総合研究大学院大学教授。ＮＰＯ法人〈源氏物語電子資料館〉代表理事。國學院大學大学院博士前期課程修了、大阪大学大学院博士後期課程中退。1990年に『源氏物語受容論序説』（桜楓社）で高崎正秀博士記念賞受賞、2002年に『源氏物語本文の研究』（おうふう）で博士（文学、大阪大学）。
著書『源氏物語の異本を読む―「鈴虫」の場合―』（臨川書店、2001年）
編著『源氏物語別本集成 全15巻』（桜楓社・おうふう、1989～2002年）
『源氏物語の鑑賞と基礎知識 28 蜻蛉』（至文堂、2003年）
『源氏物語別本集成 続 全15巻』（おうふう、2005年～第7巻まで刊行）
『講座源氏物語研究 第七巻 源氏物語の本文』（おうふう、2008年）
『もっと知りたい 池田亀鑑と「源氏物語」 第１集』（新典社、2011年）
『もっと知りたい 池田亀鑑と「源氏物語」 第２集』（新典社、2013年）
『ハーバード大学美術館蔵『源氏物語』「須磨」』（新典社、2013年）
『ハーバード大学美術館蔵『源氏物語』「蜻蛉」』（新典社、2014年）
『国立歴史民俗博物館蔵『源氏物語』「鈴虫」』（新典社、2015年）
『もっと知りたい 池田亀鑑と「源氏物語」 第３集』（新典社、2016年）

淺川 槙子（あさかわ まきこ）
1984年生まれ。国文学研究資料館プロジェクト研究員。國學院大學大学院博士課程前期修了。
編著『国立歴史民俗博物館蔵『源氏物語』「鈴虫」』（新典社、2015年）
論文「英訳『平治物語』について」（『日本文学研究ジャーナル 第4号』伊藤鉄也編、国文学研究資料館、2010年）
「各国語訳『源氏物語』「桐壺」について」（『海外平安文学研究ジャーナル 3.0』ISSN 2188-8035、伊藤鉄也編、国文学研究資料館、2015年）
「『十帖源氏』の多言語翻訳と系図について―「母の壁子」と「祖父の惟正」はどこから来てどこへ行ったのか―」（『海外平安文学研究ジャーナル 4.0』ISSN 2188-8035、伊藤鉄也編、国文学研究資料館、2016年）

国文学研究資料館蔵　橋本本『源氏物語』「若紫」

2016年10月21日　初刷発行

編　者　伊藤鉄也・淺川槙子
発行者　岡元学実

発行所　株式会社　新典社

〒101－0051　東京都千代田区神田神保町1－44－11
営業部　03－3233－8051　編集部　03－3233－8052
ＦＡＸ　03－3233－8053　振　替　00170－0－26932

印刷所　惠友印刷㈱　製本所　牧製本印刷㈱

ISBN978-4-7879-0640-3 C3093
http://www.shintensha.co.jp/
E-Mail:info@shintensha.co.jp